哪怕此生辗转离水，风
——从来后悔！
哪怕注定赴汤蹈火，燃烧生命？
——万死不辞！

漫娱图书
古 人 很 潮 MOOK 系 列

古人很潮

古潮 编著

霍去病

少年今何在

长江出版社
CHANGJIANGPRESS

漫娱 图书

目录

国家安宁 乐无央兮

曾是惊鸿照影来

第二卷

目录

第三卷

飒沓流星三万里

尾声

再无清风再无卿

三里清风三里路

匈奴未灭，无以家为！

霍去病

　　霍去病，西汉名将，汉武帝皇后卫子夫及大司马大将军卫青的外甥，大司马霍光的异母兄长。意气飞扬的少年将军，二十一岁就封狼居胥的天才将领，一心念着家国太平的骠骑神将。

　　"饮马瀚海，封狼居胥。西规大河，列郡祁连。"他如自己迅猛如闪电的战术一般，迸发出烈焰般的光芒，却如流星陨落一闪而过，留下"匈奴远遁，漠南无王庭"的战绩与无数的遗憾与惋惜……

当敌勇敢，常为士卒先。

卫青

卫青，西汉大司马大将军，汉武帝皇后卫子夫之弟、大司马骠骑将军霍去病之舅。纵观卫青的一生，始于微末发于华枝，凭借着自己七战七捷的实力，拉开了汉匈战争反败为胜的序幕。通过战法革新的方式打败匈奴，就是从卫青开始的，他也为日后屡屡在战场上出奇制胜的霍去病埋下了启蒙的种子。

非常之功，必待非常之人。

汉武帝

汉武帝刘彻，西汉的第七位皇帝，自他开始使用皇帝年号来纪元，他同样也是汉朝最杰出的皇帝之一，与始皇并称"秦皇汉武"。在他的治理下，西汉王朝开拓疆土、打开西域，崇尚儒家思想创立太学，推行改革，使整个国家出现了空前绝后的繁荣景象。

同样是在他注重人才选拔与培养的情况下，霍去病得到了充分的机会与战力去征伐匈奴，立下赫赫战功。

臣宁负王，不敢负社稷。

霍光

霍光

　　霍光，西汉名臣、政治家，名列"麒麟阁十一功臣"首位，霍去病的异母弟弟，霍去病于河西之战后将霍光带入长安，凭门荫入仕。

　　因霍光为人谨慎，被汉武帝信任，接受了武帝的临终托孤，成为顾命辅政大臣辅佐幼主。霍光一生相继辅佐四位皇帝，秉政期间遵循武帝法度，轻徭薄赋，恢复汉朝国力，最终促成"昭宣中兴"。

霍去病，大将军青姊少儿子也。其父霍仲孺先与少儿通，生去病。[1]

西汉建元元年，河东郡平阳公主府降生了一个男婴。

男婴的母亲卫少儿是公主府的女奴，家中几代人都身操贱役。身份寒微的母亲也不敢奢求自己的孩子未来能有多么富贵，只希望他能无灾无病度过一生，所以给他取名——霍去病。

倘若没有什么奇遇，霍去病长大之后大概率会跟他的舅舅一样做马奴，卑微而平淡地度过这一生。没想到，在霍去病幼年时期整个家族就迎来了转机。

霍去病马奴出身的舅舅卫青在沙场上屡立奇功获封大将军；

歌女出身的姨母卫子夫更是凭借美貌和贤德入了宫，一路从夫人升到皇后，成为大汉的国母。

霍去病因为姨母和舅舅的缘故自幼出入宫禁，有机会面见天颜。武帝尤其喜爱善骑射的小霍，等他年纪稍长，就让他进了羽林军做自己的近卫。

武帝自从即位以来，最放心不下的就是北方边境的战事。霍去病在武帝身边几年，对北境战事也了解颇深。明白若不能消除边患，老百姓日夜恐惧忧虑，国家也难以安宁。

因此，将匈奴赶出北方边境，这是霍去病从小就立下的志向。

元朔六年，十八岁的霍去病向武帝请求上战场抵御匈奴。汉武帝封霍去病为剽姚校尉，令其随同大将军卫青出征大漠。

这是他传奇一生的开始。

两年后，武帝遣霍去病出征河西。这一次霍去病依旧不走寻常路，他带领大军两次深入大漠，转战河西五国，奇袭匈奴军队，一路势如破竹。

又过两年，霍去病与大将军卫青一同深入漠北。霍去病祭天封礼于狼居胥山，禅于姑衍，登临瀚海。此后匈奴远遁，漠南无王庭。

霍去病仿佛是上天赐给大汉剿灭匈奴的礼物，在立下不世之功之后很快就将他

---

1 出自《汉书·霍去病传》。

收了回去。

元狩六年，年仅二十四岁的霍去病因病去世。去世的前一年，他曾写过一首《渡河操》：

四夷既护，诸夏康兮。

国家安宁，乐未央兮。

载戢干戈，弓矢藏兮。

麒麟来臻，凤凰翔兮。

与天相保，永无疆兮。

亲亲百年，各延长兮。

他虽为戎马干戈的武将，但也知晓"兵者，凶器也，圣人不得已而用之"的道理。他一生征战，所求无非四夷平定，弓矢皆藏，百姓亲亲相守，民族各相延长。

国家安宁，是他人生短短二十余载最为欢乐不尽之事。

与天相保，永无疆兮。
亲亲百年，各延长兮。

013

第二卷

曾是惊鸿
照影来

人生无定、匆匆无常。

最开始无人知晓西汉长夜里骤然亮起光芒，是因为一位天才将星的诞生。当时同样也无人知晓，他将给这个连年征战的王朝带来转机与安定。

"匈奴远遁，漠南无王庭"，在天降光芒的护佑下，将士们逐年的征伐与努力终于换来了王朝休养生息与发展的机会。

但所有人也没想到那光芒会猝然熄灭，让期待的天光再次蛰伏遁入暗夜。

多年后，琴歌似乎还在长河畔回响，四面的狼烟早已变成袅袅炊烟，太阳照耀下安宁一片，孤舟载着亡魂经过。他们问，何时得的团圆，那少年将军如今又在何方呢？

长河无声回应，孤星依旧照耀。

当一千多年后，苏轼在奔走之中于曾经和弟弟苏辙留驻的僧舍题下"应似飞鸿踏雪泥"一句时，一切仿佛有了答案。

故人不可见，旧事无处觅，死亡从来都不是终点，因为少年将军永远功垂竹帛，而那雪泥鸿爪的痕迹，那少年英姿相貌永远在故人心中。

他从来不只是历史上的天才将领，不只是扭转战局的少年将星，他是外甥是兄长亦是将军是臣子，他更是为自己国家带来安宁的战神。

孰知不向边庭苦，纵死犹闻侠骨香。[1]

---

1 王维《少年行四首》。

文 / 明戈

卫青

韶华不为少年留

你见过天才吗？

我见过。

不仅见过，他还是我的外甥。

这孩子儿时便跳脱非常，不似别的权贵子弟喜爱富贵温柔乡，倒是经常跟着我习武骑射，还记得一个傍晚，我忙完公务刚到家门口，下人便告诉我，我的外甥正在院中等我。

细说其身世，他是我二姐的私生子，因为不得生父承认，便一直由二姐带着。而私生子的这个身份，我也十分能感同身受。因为我也是个私生子。

当年母亲卫媪与平阳小吏郑季有情，意外有了我。母亲地位低微照顾我不易，想着郑季毕竟是个县吏，便让我去投奔他。不承想，我这位生父根本没打算认我，一家子把我当仆人支使。扫洒、放羊，我什么都做过。

长大些明晰事理后，我便立刻从那儿抽身离开，回到母亲身边，做了平阳公主的骑奴。

因为身份卑微，加上身世一直被人诟病，我的童年时期几乎是在一片鄙夷中度过。三姐卫子夫虽然进了宫，但那时陈皇后与三姐处处为难，又派人于建章围杀我，只差一点我就沦为了刀下亡魂，但这次危机也助我走到了如今太中大夫的位置。

这孩子从出生到现在，遭遇过的冷眼只怕不比我少。

思考到这里，我不禁叹了一口气，推开院门走了进去。月光下，我远远便瞧见十多岁的男孩正背对着我低头站着，也不知道等了多久，我以为他是受了什么委屈所以来找我。

我快步走过去，他闻声转过身来。

"舅！"他喊道。

"哎……"我鼻子泛酸地应了一声，正当我想安慰他时，我这小外甥却是忽然高高扬起眉毛，一脸傲娇："你怎么才回来，我都饿了。"

我一时语塞。

他饿了，我愕了。

确实，我们虽同为私生子，但心性却截然不同。他并不自卑，更不觉自己的身世有什么见不得人的地方。

我曾问他是否知道自己的父亲是谁，他十分坦然地说不知道。

我再问他对自己出身有何想法时，他只是满不在乎地指着烤鸡说："舅舅，这鸡好像做咸了。"

从那时起我就明白，这孩子日后必成大厨。

不，大器。

身世这个事儿，如心魔般笼罩了我半辈子。至于英雄不问出处的道理，我也是这两年才想通。可我这外甥小小年纪，竟能做到丝毫不为其所困。

与其说这是因为三姐当了皇后，外甥他名正言顺地成了皇亲国戚才拥有的底气，我感觉更像是他天生就不在乎这件事。

那一张巴掌大的白净小脸上，眼神总是透着坚毅与桀骜，一股不服输的傲气。

到元光六年，汉武帝命我为车骑将军出击匈奴。

虽说这是我第一次正面迎战匈奴，但胸中的热血令我毫无畏惧，带着军队直捣匈奴圣地龙城，俘虏了七百匈奴。

回到家中后，一贯桀骜的外甥对我更加好奇，眼神里开始有敬仰的意味。

他会爱不释手地摸着我的长刀，仰脸问我是否就是用它斩下匈奴首级，会看着我战损的铠甲露出羡慕的神情，问有朝一日他能否也拥有一件这样的战甲。

于是，我开始更用心教这小子武艺。

起初我以为他只是一时喜欢。毕竟这样一个家境猝然优渥，性子又桀骜张扬的男孩，大抵会成长为一个纨绔少爷。

没想到他竟特别能吃苦，日日四更便起床跟着我去羽林营练武。

对于寻常人来说这叫勤能补拙，可我这外甥一点都不拙，教他的各类刀法枪法几遍就能熟练，脑子十分灵光。

就这样到了元朔二年，这一年我带军包围了驻守河南地的匈奴白羊王、楼烦王[1]，夺取了河套地区，活捉数千匈奴。

凯旋后的一日，外甥忽然问我，他能否去看看这些俘虏。

我疑惑："你可是好奇？"

外甥摇摇头："舅舅，我想去问问那些楼烦人有关骑射的事。"

楼烦人是出了名的善骑射[2]，我们收押的俘虏中，便有不少精于骑射之人。士兵们向来对这些战俘是没什么好脸色的，毕竟种族之见摆在那儿，所以都敌视非常。

我看着外甥有些惊讶："你不介意他们是匈奴俘虏？"

外甥晶亮的眸子看着我："舅舅，若是能为自己所用，何必在乎出身？"

听到外甥的回答，我竟是半晌没说出话来，这是我第二次惊讶于他的豁达与聪慧。

要知道，聪明的孩子常见，拥有大智慧的却不常见。外甥年纪明明这么小，却比许多成年人都通透。果然是天纵英才，心智都这么成熟。

于是，在我的教学与外甥自己的"偷师"下，他的骑射水平进步飞速。因而这边我继续率军打仗，那边外甥继续苦练武艺。每逢我回来，他都会缠着我讲战场上的事给他听。

元朔五年的春天，我率领三万骑兵出击匈奴。

我趁夜突袭右贤王，趁其掉以轻心醉酒之际，包围了他们。尽管右贤王侥幸逃跑，但我俘虏了他的十余位小王，还有一万五千多匈奴人，收缴了千百万牲畜及众多物资。

回来后，外甥并不在意我被封为了大将军这件事，而是迫不及待地拉住我的手，问起匈奴的弱点，大漠行军追击匈奴踪迹是否艰难。

我点了点头。

去病在得到肯定答复后，又惯如往常地勾起嘴角，一副"本天才猜对了"的得意劲儿，朝我行了个礼，又前去练武场了。

我因为无事，便跟在后头去看他。

1《史记·卫将军骠骑列传》："青为车骑将军……走白羊，楼烦王……封青为长平侯。"
2 裴骃《史记集解》引李奇曰："其人善骑射，故以名射士为'楼烦'。"

烈日下，他骑着一匹骏马，身姿挺拔秀颀，束起的墨发随风飘动。骏马急蹄，他面色严肃冷毅，闭起一只眼，抬肘引弓。

箭"嗖"的一声离弦射出，正中靶心。

我看着这小子的身影，才恍然发觉不知何时起，当年的那个小孩已经长成朗朗少年了。

在马蹄扬起的一片烟尘里，他傲骨扬鞭的样子，让我确信他日后定会驰出这里，策马奔向漠北边疆。

随着又一声鞭响，春尽花落，马蹄声已经响在了离开定襄的路上。

我看了看身边目光炯炯意气风发的外甥，心中既欣慰又担忧。

欣慰的是明明首战，皇上竟封他为剽姚校尉，想必极为看重他。担忧是他今年才十七岁，这是他第一次真正迈上战场，大漠风沙漫天，常有黄沙蔽日之惑，稍不留神就会迷失方向。

我心中惴惴，希望他此行平安。

后来，我率军在定襄北数百里，斩获了匈奴一万余人。无奈匈奴主力势强，苏建和赵信遭遇大败，一降一逃。这一战，我打得功堪堪抵过。

正当我忧虑我这个外甥情况时，下属来报，去病竟带他的八百精骑，直捣黄龙，杀到了他们的指挥部。天才就是天才。

因他的成功突袭，这次定襄北之战重创了单于伊稚斜。皇上大喜，封他为冠军侯，取勇冠三军之意。

我真是高兴，不仅替去病，还为我们整个大汉高兴。

入夜，我在定襄城门等他。只见几百雄赳赳的精骑将士与被押送的俘虏，正浩浩荡荡开来。

为首的，便是我那身披战甲，气贯长虹的外甥。

"银鞍照白马，飒沓如流星。"

我迎上去，他长腿一扫翻身下马，笑盈盈地向我大步走来："舅舅，我做得可还不错？"

他墨黑的眸子里是一贯的张扬不羁，这份张扬若放在旁人身上，难免会让人觉得不谦逊，可生在他身上，我只觉得刚刚好。这样的天之骄子，就该是如此意气风发、傲气十足的。

"舅舅放心，以后我和你一起守卫大汉江山。"边疆的一轮寒月下，外甥的承诺掷地有声。

有了这一次的胜利，皇上愈发放心地任用他。而后三年，他也不负众望，打得匈奴节节败退，退至祁连山上。

我忽然回想起数年前，他凝神细问匈奴弱点的画面。没有人的成功是偶然，哪怕是天才，也要经过累年的厚积才能薄发。而他年少时对身世的淡然处之，对用兵的独到见解，也令他的军队与其他将领不同。

"舅舅，若是能为自己所用，何必在乎出身？"当年他是如此说的，如今他的队伍中许多都是匈奴人。

他知道，唯有匈奴才最了解匈奴。比起过去的保守作战，不如以匈奴自己的方式打败匈奴。事实证明他是对的。此后的数次战役，他都打得极为漂亮。

我此生的夙愿之一便是打败匈奴，让他们永远不敢再觊觎大汉的疆土。可我的精力毕竟有限，但幸好有去病在。他在漠北一战中，打得匈奴远遁，元气大伤。百姓都称我们是大汉的双子星，但我清楚——没有这小子在，我一人守不住大汉。

后来，我们回到院中把酒畅饮。院中景致与十年前几无变化，唯一的区别是，当年的小孩子，现在已经长成了大汉的守护神。

"舅舅，我做得可还不错？"外甥笑盈盈的，语气一如往常轻狂张扬。

"真棒。"我欣慰道，而后举杯碰了碰，可除了一阵风拂过，对面却空无一人了。

我猛然回过神。

今年是元鼎元年了，去病在去年就意外病逝了。我抬头望向夜空，只觉这些年恍若一梦，他像从未来过这世间一样。

也对。

他这样的天才，可能本就不属于世间。守住大汉，留得边疆安宁后，他的任务就完成了，也该回到天上去了。

庭中月色暗淡，一枚星子格外闪烁，灿烂无比。

那是一个少年将军的英魂，在照亮着大汉长空。

END

文/明戈

汉武帝

畴昔雄豪如梦里

我在殿中有些焦虑地踱步。此次马邑之围，不知结果如何……

我是大汉的第七位皇帝，帝王之位看起来尊贵无比，实为孤家寡人。

内部权力被架空，满朝上下唯窦太后马首是瞻。外部匈奴明明虎视眈眈，我却无权出兵，只能和亲。

可怜我泱泱大国，被一窝蛮夷欺负了这么多年，想想我就气不打一处来。

直到窦太后去世，我才终于把权力逐渐收了回来，与此同时，我想反击匈奴的念头也愈来愈强。

去年，匈奴又派使者来提和亲。

说是和亲，其实就是上贡。用公主们大好的年华，换一阵子的平安。

匈奴是蛮族，他们毫无诚信也不讲武德。和亲也只会让他们短暂消停两天，不久后又会继续骚扰边境。

所以对付他们，能动手就不要和谈。

这次的马邑之围，就是我和大臣们商议后设下的一个圈套。现在正值和亲之际，我们让商人聂壹以买卖为由，引单于入瓮马邑，旁边埋伏大军，而后活捉单于。

对于此计，韩安国一如既往地反对。毕竟兵马一动，天下皆动。万一败了，老百姓们都得跟着遭殃。

我又何尝不知道现在的太平局面来之不易？可一味忍让只会让他们变本加厉。大汉已经跪得太久了……

所以哪怕失败，我也要赌！想到这里，我愤慨激昂地一攥拳，而来报的下人匆匆跑进："皇上！失败了，匈奴识破了我们的计划！"

虽然计划泡汤，但好消息是匈奴不再要求我们和亲了，他们选择了直接出兵。

其实我本想等到张骞搬到大月氏的救兵回来后，再和匈奴对战，可没想到匈奴竟然直接兵至上谷。

这如何能忍？于是我当即决定让卫青、公孙敖、公孙贺和李广分四路出击。至于战果，只有卫青胜了，剩下三路都大败而归。还是可用的将才太少了……

正当我一筹莫展之际，有个十三四岁的少年出现了。

他叫霍去病，是子夫和卫青的外甥，一身好武艺，尤其是骑射，立于马上也能箭无虚发。

不过最吸引我的是他周身散发的气场，无畏张扬，傲气十足，简直和年轻时的我是一个模子刻出来的！

我不禁大喜，命人把他叫到我面前："朕亲自教你孙子与吴起的兵法如何？"

对于这样的好苗子，我必须手把手培养。

可这少年听后非但没感激涕零地谢恩，反而摆手拒绝了我："顾方略何如耳，不至学古兵法。"

去病的意思是，战场瞬息万变，一切都要应时而动，不必拘泥于学习古代兵法。

而后，去病大方行了个礼，不慌不忙继续训练去了。周围人都吓得跪倒一片，纷纷请我息怒。

息怒？我可一点都不生气，反而十分开心。这小子这么有个性，说不定日后能成为一张出其不意的牌。

我站在看台上，心下思忖着，既然圈养不行，那散养也凑合。

从那日起，我便时常留意去病的情况。从他的饮食起居到训练器具，都命人好生打点着。我最后还是放心不下，于是封他做了我的近臣侍中。

去病的护具磨烂了一副又一副，四年转瞬而逝，如今，他已十七岁，成了身形健壮挺拔，眉宇英气十足的儿郎。

这年是元朔六年，因为有了张骞带回的地图，我打算让卫青、公孙敖还有李广等人出定襄北击匈奴。此次，我派出了十万兵马，誓要不胜不归。

大军出发前，我叫来了去病。正值二月，他大步踏进殿中，裹挟着屋外料峭的寒意。

我看着这个出众的少年，最终站起身走到他面前："朕，命你为剽姚校尉，许你八百精骑。"

此令一下，朝野上下议论纷纷。

有的说我是看在卫青面子上，给他外甥几百人随便去玩玩，混个军功而已。有的看出这八百骑兵乃是精英里的精英，觉得给他一个毛头小子太过儿戏。

但是，我选人才，最鄙夷裙带关系。给去病的兵马人数不多，是因为他还没有经验，不宜带大军。可即便如此，他也是我看重的未来大将，自然配得上最好的队伍。

果然，他没让我失望。

他与那八百精骑，宛如一把凌厉的长刀，横跨大漠，直直插入了匈奴心脏。去病凯旋后，我即刻封他为冠军侯，封赏食邑二千五百户[1]。首战告捷，我对去病又信任了几分。

元狩二年，我打算拿下河西走廊地区，这是一条夹在合黎山与祁连山之间的狭长区域。据张骞的描述，我若想日后连通西域，并切断匈奴与西羌的联系，占据此地乃必行之事。

于是，我任命去病为骠骑将军，率军出征。

不出所料，朝中又是一片反对之声。理由无外乎是霍去病年纪尚小，不可重用。霍氏打法也仍需验证观望，冒用不得。

他们口中的霍氏打法，指的就是上阵的军队凭兵马轻、辎重少的优势，以战养战，军队主打一个快速机动，能随时发起奇袭，和匈奴自身的进攻方式有异曲同工之妙。缺点是没有后援，孤军深入时十分危险。

去病和我商议时，我也曾有所顾虑。可不入虎穴焉得虎子？况且以现在的局势，势必要兵行险招。

事实证明，我选的人没有错。

他扑向遬濮部落时，部落甚至都没反应过来。去病以迅雷不及掩耳之势拿下他们，随后又风卷残云般攻向其余四国。六天内，转战千里，横扫河西五国，甚至差点抓到单于的儿子。

连连告捷后，他又马不停蹄驰往皋兰山，杀了折兰王、卢侯王，俘虏了浑邪王子及相国等，共斩匈奴近万人，就连他们的祭天金人都给抢回来了。

我得知消息后，在殿中大笑不止，好一个所向披靡的少年将军！

数月后，我又命他们再次出击。这次，我要击垮那浑邪王和休屠王，彻底拿下河西。

可没想到，我派出的两支大军接连遭遇意外。张骞李广那队，李广惨遇敌军主力，

1《史记》记一千六百户，《汉书》记二千五百户，此处按《汉书》版本。

"活地图"张骞竟然迷路了，以致支援不到位。而且迷路的不止张骞，还有和去病搭档的公孙敖，也不知道溜达到哪儿去了。

四员大将，开局折了仨。

正当我以为此战必败时，去病那边却传来了拨云见日的捷讯。原来他仅凭自己那支军队，奔袭千里，大败浑邪王和休屠王！

我虽为一国之君，得知消息时竟恨不得站在朝堂上高呼："看到没！这就是朕选的将军！"

这两次胜利，我重重赏赐了去病。不仅如此，我还嘉奖了他一座极尽华美的宅院，宅内饰以绫罗绸缎，宝石翠玉。

去病是我手中最锋利趁手的刀，我要给他最好的赏赐。可去病看到这所宅子后，竟然拒绝了。

"匈奴未灭，无以家为？"他望着我声音铿锵有力。

去病眉目间的不羁狂傲，与少时如出一辙。可眸子里多了一股杀敌报国的赤胆忠心。

得益于他的胜利，大汉拥有了焉支山下全天下最肥美的牧场，以畜养战马，也使全国百姓的徭役重担得以减轻。

最重要的是，朝廷顺利在河西设置了武威、酒泉、张掖、敦煌四郡——这是大汉走向更为广阔天下的起点。

单于伊稚斜的主力此时深入漠北，我知道，他这是在故意诱我前去，想趁军队疲劳不堪时对我们发动攻击。可若军队足够强，管他什么计谋，都照样能打得他片甲不留。

"去病，这次重任就交给你了。"我长叹一口气，亲手将长刀递给他。

"皇上？"也许是感受到了不同往常的压力，去病蹙眉看我。

的确，这次可以说是背水一战。

连年战争几乎将国库消耗殆尽，现在的每一次出兵，都是消耗百姓的血汗。更不用说这次我派出的十万兵马，已是举国之力。

去病坚毅又郑重地接过长刀。想来最开始时，他率的还只有八百人，如今也是

千军万马的统领了。

"此入漠北，朕唯有一个字。为我大汉……"我盯着去病的双眸，"杀！"

元狩四年春，我亲自为去病饯行。

塞外艰险，他不负我重托，出代郡，北进千里，大破匈奴左贤王部，俘虏屯头王、韩王及将军、相国、都尉等八十三人，斩首匈奴七万四百余级。

单于带着剩余兵马落荒而逃，堪比丧家之犬。可去病毫不留情，如夺命阎王一般穷追不舍。竟生生将他们赶到了北海，还在他们的圣山——狼居胥山，进行祭天封礼。

我得知后非但不怒，简直笑出了眼泪。此举相当于在他们的祖先祠堂里，挨个儿告诉匈奴列祖列宗——"你们输了！"

如此狂傲，是他霍去病能干出来的事！

此后"匈奴远遁，而漠南无王庭"，想来那匈奴欺我大汉百年，这辱族之耻，一朝得雪，真是畅快！

大军回师后，我再次赏了去病五千八百户食邑。还设置了大司马位，封他为大司马骠骑将军，使他的俸禄与大将军相等。

朝中有不少趋炎附势之人，见去病名望渐响，便纷纷谄媚巴结他。有大臣提醒我小心他结党营私，不过我毫不担心。我这位年轻将军的眼睛里，只有对大汉的赤胆忠心。

两年后，我遣使臣要求匈奴对我大汉称臣，没想到这伊稚斜单于竟然拒绝了。

没事，既然嘴硬，那就接着打服他。我遥望漠北长袖一指，去病了然，手中寒刀泛出幽光。

可不过数日，下人突然来报，去病离世了。

我正指着地图的手猝然愣住。他才二十三岁，正是大好的年纪。明明之前还生龙活虎的，怎会如此？

我看着地图上他亲手做的标记，感觉胸口阵阵抽痛，哀伤得无以复加。

去病下葬当日，挽歌响起，我与万民同哭。因为墓中沉睡的不单单是位军功赫赫的将军，更是保卫我华夏民族的英雄。

我是汉武帝。

自我开始，皇帝被拜为天地间唯一的万岁。

不过若去病还活着，朕准他一起——护大汉千里江山，横刀立马，万寿无疆。

END

文 / 芒种鱼

霍光

大风起兮云飞扬

地节二年春的某一天，一座华丽的府邸迎来了当今天下最为尊贵的一个人，而这位贵人不过是微服去看望一位生病的大臣。

不久之后，府邸前出现一个瘦削沧桑的身影恭送这位贵人离开。在还有些寒意的春风里，这个支撑着病体的身影并没有再回到温暖的府邸，而是望着贵人离去的方向陷入了回忆。

他想起也是这样的一个春天，也是忽然听闻贵人到访，只是那时的他还小，还不明白命运已经在那一刻悄然发生了改变。

想到这里，恭敬站在檐下的人忍不住弯了弯眼角。但方才皇上涕泪的样子忽然浮现在他的脑海中，陡然生出的是一丝不寻常的危机。

他仿佛浑然不觉，只是伸出手摩挲着吹过指尖的风，抬头看向头顶四方的天，喃喃自语："兄长，这风真的从不会停歇啊。"

满月和风

元狩二年的河东平阳，春光和煦，和风缓缓拂过学堂前的柳树，又吹得桃花花瓣簌簌飘落。

一群学子正围在一起七嘴八舌地讨论着近日出征的大军。

"冠军侯这次要带一万骠骑出征河西，此战如果能胜，我们通往西域的路就打通了，那些匈奴人也不敢轻易来犯了！"

"但两年前那战，冠军侯是在卫大将军拖住主力的情况下，出兵奇袭匈奴人后方取胜的，不乏有运气成分，这次直接统率全军，真的能保万无一失吗？"

"冠军侯本就擅于统领骑军，这次一万精骑更是强上加强，如何不行？"

……

几人争论不休时，一个学子看向始终未发一言的霍光："子孟，你觉得如何？"

霍光沉思一会儿，刚想回答，就听学堂外有人呼唤。

"霍光！霍光！你家里来了贵人，你爹让你回去呢！"

霍光起身快步往家走去，他刚跨过门槛擦去额角的细汗，就听见了一个陌生的声音。

"去病不早自知为大人遗体也。"

霍光循声望去，是一个器宇挺拔的男子，虽身着常服，但眉宇间难掩杀伐果断之气，却又给他一种熟悉的感觉。

而自己的父亲听闻男子此言只惶恐下拜："老臣得托命将军，此大力也。"[1]

霍光听完这番话愣在门口，此时屋内的人才注意到站在门口的他。父亲招手让霍光走到他身边向霍去病行礼："这是冠军侯。"

霍光听到父亲的话不由得心神惧震，虽然不解缘由但依旧沉稳地行礼拜下："霍光，霍子孟拜见冠军侯。"

而霍去病此时也正打量着这个谨慎稳重的孩子，发现霍光白皙的面庞竟与自己颇为相似，他开口缓缓道："我是你……兄长。"

霍光抬头看向霍去病，此时的眼里震惊与崇拜交杂，就在两人眼神交汇间，霍去病听见霍光恭谨又迅速地轻声道："兄长。"

等到霍光从父亲口中知道所有的来龙去脉，从震惊之中完全清醒过来时，霍去病已经离开出发河西，只留下为父亲置办的良田与奴仆。

除了每天更多地陷入沉思，更加关注前方战场传回的消息，霍去病的到来其实没有给霍光带来更多影响。当然除了霍光人生前所未有的与他人争辩和打架。

"不过是依靠自己的舅舅和姨母，如此多的精兵辅助如何不胜战，命好而已，但你就不如许多，这样的外戚想必你也攀附不上。"

"是如此，放任外戚如此做大，总有一天会变成家国的祸患！"

"你们眼里也只有裙带关系了，有精兵强将又如何，其他将军没有吗？我兄长那一身赫赫战功也是自己挣来的，如今边陲的安宁喘息难道不是他在战场上拼杀来的吗？"

1　出自《汉书·霍光传》。

在争吵推搡之间几人最终还是动了手，霍光像一只发狠的小兽，让几人挂了彩不敢再靠近。

风吹起霍光鬓边因为打架散乱的头发，也掀起他破损又沾满泥土的衣摆，尽管有些狼狈，但他依旧倔强地咬牙瞪着对方，眼睛明亮得灼人，掷地有声道："若是能为国效力，又何必在乎出身！"

忽然一只大手拍了拍他后脑勺，霍光抬头看到霍去病的面庞忽然愣住，几月不见，兄长好像黑了一些，眼角眉梢却是飞扬的神采。

"看不出你还会打架！"霍去病笑拂去了霍光衣上的灰尘。而看到帮自己拍去灰尘的那双手上还有未愈的伤痕，霍光鼻子一酸。

等到十来岁的孩子真的扑在了霍去病怀中，霍去病的笑才化为有些不太习惯的惊讶，望见相似的脸庞，看到相像的性格，他想到了霍光的胆子其实很大，但没想到他如此不认生。

而霍光才没想这么多，只是在粗粝的风沙和淡淡血腥的味道里感受到一片干燥的暖意。

霍去病继而又拍了拍霍光的脑袋："我这次回来，本来就是想问你，想不想随我去长安？"

"平阳太小了，外面会有更大天地。"

"我……我想去！"

如此霍光便踏上了去往长安的路途，也是在路上他才知晓，这一次出征，兄长在河西待了四个月，而就在霍去病来见他之前，刚刚解决了浑邪王假意投降而引发几万人在军中的哗变，他的兄长在万军之中斩将夺帅，最终降服浑邪王与剩余部众归汉。

霍去病手下的将士和霍光讲述这一切时语气里充满了钦佩，但霍光却听着心惊，军队的哗变本就难以控制，更是两军对峙之时，还好兄长当机立断没有让形势蔓延，否则后果真不堪设想。

而在真正凯旋还朝那日，霍光见到了从未见过的人声鼎沸与万人庆贺，在沿街熙熙攘攘的人群中，在每个角落都充斥的欢呼与喧嚣里，他的兄长端坐于马上熠熠

生辉，宛如神降。

　　时隔多年，直到有幸故人入梦，已生华发的霍光才发现，那日盛景之下的身影一直就烙在他心底，未曾有半分褪色。

　　斜阳照得庭院秋意浓浓之时，霍光听人来报便快速奔出府门，而此时从漠北凯旋的霍去病正带着一身肃杀之意在家门前下马。

　　霍去病抬眼便看见快步跑来的霍光，脚步虽然未乱但全无往日的沉稳，霍去病笑了笑，不过两年当时的小孩如今已长成少年模样，出落得愈发眉目疏朗。

　　"兄长，你回来了！一切可还好？"

　　"放心，此战大胜，漠南再无匈奴踪迹。"

　　"那兄长你呢？有没有受伤？"霍光四下环顾检查着霍去病的周身。

　　"小伤，不在话下，我一会儿要进宫述职，明日再来查你功课。"霍去病看着霍光乖巧点头又补充道，"过段时间陛下应该会在甘泉宫围猎，到时我带你去玩。"

　　但霍光没想到的是这次围猎出了意外，兄长射杀了李广之子李敢。

　　一切是从李广因为失道愤愧自杀开始的，李敢因此怨恨卫青，认为是卫青主导了自己父亲的死亡，因此出手打伤卫青，继而引得霍去病起了杀心。

　　事情被武帝平息后，霍去病与霍光一直心照不宣，不曾提起，直到两人终于有机会一同在府中吃饭对饮之时。

　　"子孟，你可觉得我杀李敢是冲动之举……"

　　"不，兄长，李敢就是死于鹿撞。"霍光神情不变地看向自己的兄长。

　　霍去病一笑："你还是如此谨慎，但我们确实也不得不防。他既已经对舅舅动手了，怀揣着这份恶意，他不死，往后我们的后背始终都会藏着暗箭，后背悬空要比正面迎敌更加危险。"

　　"我明白的，兄长。"

　　两人饮着手中的酒望着天，此时圆月明朗，任凭晚风吹拂，直到霍光开口问霍去病："兄长，我明日可以去校场吗？"

　　"你不去念书？"

"如果我也可以上战场，兄长你就可以放心地把后背交给我了，这样你的后背永不会空悬。"

霍光望见自己兄长从上到下瞅了瞅自己单薄的身体，一时笑得有些前仰后合。

最后还是在霍光的一脸郁色中堪堪忍住，霍去病拍了拍霍光有些瘦削的肩膀道："沙场凶险，还是多读些书吧。你性子沉稳又谨慎，在这朝堂上，我也放心一些。"

"不过这朝堂的波云诡谲有时更胜战场的腥风血雨。"霍去病凝视着自己的双手转而又笑道，"不过管他什么刀光剑影，只要有我在，都能为你挡下，你大胆地去施展你的能力吧，我倒要看谁敢欺负如今大司马的弟弟。"

正在霍光深深点头之时，他又听兄长补充道："但你念书也别念傻了，这天地之广阔并不局限于这书本之中。"

听着兄长话语调侃，霍光心中一暖，一向慎言的他忽然起了玩心，模仿着霍去病曾经说过的话道："顾方略何如耳，不至学古兵法。"

两人相视一眼，默契地大笑出声。这笑声如长风贯入峡谷，势重绵长，吹进了霍光的心间，无论多少年，胸中沟壑城府如何深沉，这风永远随着笑声在心中飞扬。

在霍光醉倒之前听着霍去病喃喃："陛下爱才，你年纪尚轻，或许有机会，他会把你放在身边教导的。"

这些话在后来真的实现了，并且在未来的很多年里，尽管霍光仍孑然一身站在那庙堂之上，但无论风云如何变幻，有多少无声的刀剑逼近，他都始终面不改色。

因为他知道他不再是平阳县那个沉默寡言的孩子了，他的兄长始终庇护着他。

狂风骤起

在这很多年里，霍光无数次地回忆起和兄长的最后一面。那时他知晓兄长又要出征，当时便心下不定，向兄长提出过随军在后方，兄长还笑着让他在家好好念书，保证此次胜战后就能安宁很久。

出征那一日，霍光站在城墙上目送霍去病的背影，逐渐远去的战旗被吹得訇然作响，霍光忽然意识到长安城里好像从来没有过如此之大的风。

又是在这样的大风之中，霍光随那些将士从北境接回了自己兄长的遗体，再将灵柩一路从长安扶送至茂陵，他的孝服始终被风吹得绷着、响着。

他忽然想起有一日兄长与他说起边塞，当时兄长问自己："子孟，你可知道我最喜欢塞北的什么吗？"

"是戈壁落日？还是雪山融水？"

"都不是，是风。"兄长当时随手在空中捏拳捉住一缕，又松手放在他面前。

霍光记得，当时兄长告诉自己，这风是他最大的敌人，行军时大风扬沙非常容易迷路，但这风也是他最好的战友，因为它从不停息，吹散厚云便有星辰指路，快马奔袭便在耳边鼓舞。在大漠之中唯有能抵御和征服了风的人，才能得到风带来的消息。

"就连你脚下的这块土地，看似富贵如梦，也无时无刻不充斥着风，这些风里带着利刃刀光，只有不被风带走，屹立不倒，才能乘风之势。"

想到此处，霍光低声在风中问道："是你也来送兄长了吗？"

无人回应，风声四起，呜咽悲鸣，如泣如诉。

霍光看着缓缓埋于地下的棺椁，望着那祁连山样式的坟冢，暗下决心：兄长你安心，我会站在这将起的风里，守好这征战来的每一寸土地。

而承诺许下后的人生，仿佛被按下了快进键。

某一日，武帝召霍光入宫："你兄长之前也时常在我身边随侍，如今你也到我身边来吧。"

于是霍光走到了武帝的身边，出入宫禁二十余年他不曾有一刻放松，在巫蛊之祸那场浩劫中他只能谨慎自保，《周公辅成王会诸侯图》的画卷还是交到了他的手上，《轮台诏》已然下发，而那时的武帝，也步入了自己力不从心的晚年。

在那段帝王逐渐衰弱时间里，霍光会更常听到武帝讲起自己的兄长，也时常从自己的身上去回忆兄长："你们兄弟虽一个习武一个擅文，但其实也十分相像。去病那孩子虽然行事飞扬不羁，打仗也是果断迅猛，但没有比他更小心仔细的了，骨子里带的谨慎少言。如今你更是，我听仆侍说，你日日进宫，每次步伐都落于一点，竟从未偏差过。"[1]

或许就是如此，这托孤重任还是在武帝离世之前落在了自己身上，望着年仅八岁的汉昭帝，霍光只觉得肩上担子沉重。

治大国若烹小鲜，连年征战后需要休养生息，忌讳频繁变动，霍光最终依从《轮台诏》轻徭薄赋、与民休息，避免征战，让大汉再度走上承平之途。

急景流年中，汉昭帝离世，他废海昏侯另立，直至汉宣帝继位，在这疾风骤雨的数十年中，霍光看着身边的人逐渐离开，自己在这宦海的波云诡谲之中固守着当初对自己兄长的承诺，不负社稷半分。

那日檐下送走汉宣帝的霍光仿佛知道自己大限将至，想起霍嬗早逝、兄长后继无人，于是分出自己的封邑三千户，让霍山继承兄长的香火。

就在做完这一切的地节二年三月，长风不止，这位争议颇多的名臣离世，但他早已将身后评说留于他人。分别四十余载，他只盼着和兄长的再次相见。

END

文 / 明戈

李广

凭君莫话封侯事

我是个将军，没封侯的将军。

有人安慰我大方无隅、大器晚成。可我知道，我等再久也等不来那个侯爵之名。

有些东西和年纪没关系，和"运"有关系。

时运，气运，命运。

就像我驰骋沙场四十余年，苦战功不赏。而我有个同僚，霍去病，十八岁那年就封了冠军侯。

说心无不甘是不可能的。但我也清楚，"运"这个东西，求不来。

比如说时运。

自我们大汉建立伊始，国家民生凋敝，百废待兴。

接秦之敝，诸侯并起，民失作业，而大饥馑。凡米石五千，人相食，死者过半。[1]

---

1 出自《汉书·食货志》。

不用说军事力量了，百姓果腹都不容易。

抛开经济问题外，国家政权也动荡不稳。异姓诸侯王割据地方，同姓王伺机而动，叛乱造反是时有的事。

在这种内部矛盾频发的局面下，国家显然是没有多余的力量对付外敌的。所以我自出生起，熟知的对匈奴政策就是两个词：防守、议和。

文帝时期也是如此。我们送去大把的真金白银，送去穿着鲜红汉霓裳的良家女子，强固边塞坚守城墙，就是为了阻止他们的铁蹄踏进大汉。

可边关的实际情况又如何呢？

"今西北边之郡，虽有长爵不轻得复，五尺以上不轻得息，斥候望烽燧不得卧，将吏被介胄而睡。"

匈奴一直以来如同豺狼鹰隼，虎视眈眈。让步换不来和平，我是知道的，可大环境就是如此。守而不攻，才是朝廷的主流政策。

汉文帝十四年，匈奴大举入侵萧关。

那时我尚年少，从军抗击匈奴。不谦虚地说，我骑射功夫还算不错，杀了很多匈奴人，也因此被任命为汉中郎，入了皇帝的眼。后来文帝狩猎常叫我同去，我面对猛兽也丝毫不惧。汉文帝看后笑着对我说："惜乎，子不遇时！如令子当高帝时，万户侯岂足道哉！"

文帝是在惋惜我生不逢时。他说假如我能生在高祖时代，做个万户侯还不简简单单？

可惜我没生在高祖帝代，也没赶上属于我的好时候。

文景二帝的防御政策，使得大汉有了充足的时间休养生息，壮大国力。单就战马这点来举例，文帝时曾有"令民有车骑马一匹者，复卒三人"，景帝时又有"始造苑马以广用"。因此到武帝时，边疆的粮草与战马，就让他有足够的底气对匈奴亮出锋芒。所以在他即位以后，国策变了，我们要挥刀进攻。

可进攻哪有这么容易？

一直以来的防守策略，让我们对匈奴的作战体系几乎一无所知，更不用说塞外的地形与复杂的天气。

因而在最开始的几年，我们不占什么优势，发动的几次大战都无功而返。从雁门出击匈奴的那次行动，我更是惨遭匈奴俘虏，通过装死才得以逃脱。后来我拼命返回塞内，朝廷却认为我作战不力，罪当处死。谁能想到我没死在匈奴箭下，却差点死在大汉的刀中……不过这的确是统将的耻辱。

结局是我被赎为庶人，我也确实如文帝所说，生不逢时。而就在同一年，一位"恰逢其时"的少年出现了。

他带着斩首捕虏二千二十八级、斩杀单于祖父辈籍若侯产、俘获单于叔父罗姑比的战绩，闪闪发光地站立在大汉的朝堂上。

这位少年就是我刚才说到的那个同僚——霍去病。

时势是可以造英雄的。

小霍迈入战场的时候，大汉的将领们已经从过往与匈奴的诸多次交战中，总结出了一套应战策略，也大致摸清了匈奴的作战风格和动线规律。而这些经验，给小霍免去了不少的麻烦。

除了这点以外，我与小霍最大的差别就是，我是在防守策略下成长起来的，但他不一样。

他年轻、迅猛、野心勃勃。他生来见到的就是汉武帝不和亲不赔款，直斩匈奴的霸气。

我后来在朝中见过他几次，那双锐利漆黑的眸子里，没有丝毫犹豫与顾虑。

时代的不同，造就了我们截然不同的作战风格。

我的敢拼敢闯，是自信于我的箭术。但匈奴大军临前，我仍需要队友的支援与配合。而他的剽悍骁勇，是来自于对机动部队运动战的深刻理解与自信。

我并不想吝啬我对他的赞美，虽然他用短短几年就取得了我为之奋斗一生的成就。

小霍一举成名的那场定襄北之战已经被谈论得够多了。我知道很多人说，武帝独独让他一个初上战场的少年当将军，还让他抛弃大部队，率八百精兵自由作战，肯定是因为偏爱他。关于这点，我不想评说。因为打仗这个事儿，说复杂也复杂，说简单也简单。只要你能打胜仗，你能杀敌破城，你就是厉害。所以就算武帝偏心又能怎样？小霍已经用战绩证明，他就是善于捕捉战机，就是天生的统军奇才。

我更加深刻地感受到这一点，是在两年后的第二次河西之战。

第一次河西之战以小霍胜利告终，不过数月，汉武帝下令再次出击河西地区。

在这次作战中，公孙敖被派与小霍随同出征，领数万余骑兵，分道向西。可没想到公孙敖误入迷途，在小霍已经深入匈奴腹地时，公孙敖还迟迟未来汇合。

就在这一战中，我遇到了和小霍极为相似的情况。

我受命与博望侯张骞一同进攻匈奴左贤王部。我从右北平出发，作为先锋，率四千骑兵探路。张骞则率一万主力在后，我们相隔数十公里，兵分两路而行。结果当我行进几百公里后，发现张骞并没有随行——他在茫茫塞外迷路了。

至于我与张骞，小霍与公孙敖为什么都要分开，不一起同行，是因为这是卫青新开创的一种作战模式。前军为轻骑，可快速突进，也可绕后突袭，中军后军携带箭矢等物资，方便前军随时补充。元朔二年，卫青、李息二人正是用这种方法来了一出神兵天降的戏码收复了河套地区。

本来我想着我都已经在右北平做了四年太守，时常北上，对附近地形清楚无比，再加上这次我又是可以立功的前军，封侯终于有望。可谁知正当我快马先行时，左贤王的四万大军，早已将我们四千人围住。

当时我将军队部而成圆形，以面向外敌，敌我双方顷刻箭如雨下，一时不见天日，血流漂杵。

后方支援尚未赶到，我军死伤过半，箭矢也即将用完，我用大黄弩射死了几个匈奴副将，苦苦撑了两日，张骞才赶到，匈奴随后撤军。

回朝后，张骞和我当年一样，花钱赎了死罪，被降为平民。而我功罪相抵，无罚无赏。

有人赞许我大敌当前不乱阵脚，奋勇杀敌。可这更让我清楚意识到，我的确是个武功高强的武士，但或许并非称职的统帅。

因为小霍在没有等到公孙敖后，决定独自率军前进，还采取了大纵深外线迂回作战的方式。那是一段长达两千余公里的绕后，渡黄河，翻越贺兰山，横跨两片沙漠，绕居延海……最后，他在弱水上游，从匈奴两王大军的侧背突然进攻，打了浑邪王、休屠王一个措手不及。

两王军队慌乱中草草应战，最后率残军逃跑。

"由此去病日以亲贵，比大将军。"

小霍领赏的时候我就在旁边。

比起上次见到他，他黑了许多，也健壮了许多，背拔得笔直，像个战神一样站在那里，铠甲上满是划痕与血污。我看得有些出神，因为这些战损对于我们这种武将来说，是勋章。

我很羡慕他，但不嫉妒。在他身上，我看到时运与天赋的结合。

同样是没有援军，他却将轻骑的优势发挥到了极致。独行两千多公里的路途……这样的勇气与魄力，武帝对他的封赏实至名归。

小霍能有如此成绩，除了时运，气运也是很重要的一部分。

就像在定襄北之战中，他竟然能够直捣黄龙，找到匈奴的大本营，整个行军过程中都也没有遭遇到敌军的主力。比起他的气运，我就差得不是一星半点。

比如在河西之战中被围，在雁门一战受俘，在马邑设伏却被匈奴识破……

自攻打匈奴以来，我几乎参加了每一次作战，那些不如我的都早已封侯，而我却连一块封地都没有。老天像在和我作对一样，让我每一战都不怎么顺利。

针对这个问题，我曾请教过王朔，他是个星象家，也是相面之人。我问他，是我的骨相不应有侯爵之位吗？

王朔回答我："将军自念，岂尝有所恨乎（将军回忆一下过往，有没有做过悔恨之事）？"

他这句话一出口，我猛然知道了他在指什么。

作为将士戍守边关这么多年，我自诩爱兵如子，宽缓不苛，与部下们共同进退。我得到的赏赐会分给他们，行军途中，他们无饭吃无水饮的时候，我也会不吃不喝，和他们同甘共苦，直到补给充足。

我家中没有多余之财，也不购置家产，唯一的爱好就是射箭。因此士兵和百姓都爱戴我，愿意追随我。

可我也曾做过错事。

那时在位的还是景帝，我是陇西太守。时值羌人反叛，我劝服了八百余人投降。

是的，那八百人已经降了，可为绝后患，我在一天之内把他们都杀光了。

我和王朔实话实说，坦白了这件事。王朔说："祸莫大于杀已降，此乃将军所以不得侯者也。"

也许就是因为这件事，后来不论我怎么弥补，我的气运也再没有好过。

有一次我问过小霍，他是怎么对士兵的。

他答得很诚实，也充满少年人的傲气。他说他从不与部下共进退，因为自己是将军，不一样。在日常行军时，他吃喝也都不与属下一起，而是有自己的专门的厨房与厨师。

我很疑惑，问如若不与他们打成一片，那要怎么让下属甘心卖命呢？

小霍笑了，所谓重赏之下必有勇夫。只要让部下知道这仗若是打赢了，皇上给的赏赐够他们吃一辈子，不愁大家不提着命往前冲。就像之前河西之战的封赏，鹰击司马赵破奴斩杀遬濮王，捉王子数十，封从骠侯；校尉仆多，封辉渠侯；校尉句王高不识，虏敌千人，封为宜冠侯。如此嘉赏，还担心他们不跟着我卖命吗？

我又问，那总是会有一些比起钱财更看重性命的士兵，这些人又要怎么说服呢？

小霍摆摆手说，不用说服，因为他的团队里就没有这样的人。他的部下全部是他亲自挑选的，不论亲疏，不看地缘。

他要那种因为惹了麻烦蒙受耻辱，渴望远离家乡建功立业的人，或者那些身为庶出旁支不受重视，永远不能继承家族爵位的人。次要行军中专业性极强的人，最后才要有武艺的士兵。

我听后很震惊。眼前这个年仅二十岁的少年，竟然有着远超他年纪的心智。

正常人带兵打仗，一定会先选武艺高强的人。而他却从心理动机出发，选了那些可以破釜沉舟，能随他出生入死的士兵。

比起一群乌合之众构成的大军，一队人少而精的死士，更像一把尖刀，能直插敌军心脏。

小霍说完，有礼貌地告辞离开了。我看着他墨发高束，意气风发的背影，心中百般滋味。

马上就要出军漠北了，小霍正是好时候，可我早已两鬓斑白，这应当是我此生最后一战。

皇上本不想让我参加，我万般请求，他才应允。

说来好笑，皇上解释他不想我出征是因为我年事已高，可我知道，他是觉得我气运不好。毕竟我几乎每次回来都是全军覆没，虽然都事出有因，但皇上不可能不介怀。

此次一役，我表面上是前将军，可我早已听说皇上暗中嘱咐卫青，让我这个"扫把星"不要和单于单独对阵。所以估计出发后，我还是做不成前锋。

对于一个三朝元老，打了一辈子仗的将军来说，这简直是奇耻大辱。

可我又不得不认，因为这就是我的命——与小霍截然不同的命。

我们命运的不同，是从出生那一刻就写好的。

随着卫子夫被立为皇后，小霍就已经是上流家族的一员了。皇上喜欢他，甚至想亲自教他兵法。这种殊荣厚爱，是我一辈子不敢想的。

虽说我先祖李信是秦朝名将，但到我这一代，开局身份也只是普通的良家子弟。一个毫无背景的普通人，除非有极其卓越的军功傍身，或是深得皇上喜爱，否则一辈子也不可能出人头地。

哎，其实吴楚七国之乱的时候，我曾有过机会。那时先皇刚刚登基，为了巩固统治，提出削藩。众藩王对此不满，心生叛意。于是太尉周亚夫带着我四处征讨，平息叛乱。

当时我冲锋陷阵，勇冠全军。我砍倒了叛军帅旗，在军中名声颇响。

可惜，我虽然梨花枪使得漂亮，但对政治一窍不通。

——我收了梁孝王的将军印。

他是先皇的亲弟弟，在我印象中，他并没有参与叛乱。可我忘了，梁孝王既是皇子，他就对先皇有威胁。而我收了他的印，就是在表明我的立场。

从那以后，先皇不仅没赏我，还将我直接调去了上谷。

几年来，我在边境风餐露宿，枕戈待旦。

朝中有人替我求情，想让我回来，可先皇一直没有同意。直到皇上继位，我才重回长安，后面又参与了雁门一战。不过那战的结局很惨，前面我提到过，我被贬为了庶人。

这就是我的全部故事了。

我老了，故事也已经接近尾声。幸好小霍不是。

他年轻，有能力，是大汉未来的保护神。我承认我心有不甘，也承认我真的无比羡慕。不过讲到这里，我发现我羡慕的早已不是他年纪轻轻就封了侯，而是他从始至终被信任，能一次又一次与匈奴交锋。

马上就要去漠北了……此次一行，生死难料。

不过我这个无运之人，仍要用我仅剩的好运祝福小霍：

祝他挺拔的脊背，可以化为大汉的天险山；

刀下的敌军之血，能淌作长安的护城河；

无畏冲锋的号角，奏响匈奴的镇魂歌。

END

文 / 明戈

棋逢敌手难相胜

我是伊稚斜。用汉人的称呼来说，我是个匈奴。

我曾问过汉人，为何给我们起这个名字。汉人说，因为我们是马背上的民族，人人擅长骑马射箭，此为匈。我们又不同于中原地区的少数民族，喜入侵且野蛮，对比起礼乐制度完善的汉族来说，更像地位低下的奴。

我听后狂笑不止，汉人未免太高高在上了，真觉得普天之下莫非王土，率土之滨莫非王臣？

我们是奴？笑话。我们自称为胡。

"胡者，天之骄子也，不为小礼以自烦。"

我们是神的孩子，从不拘泥于他们汉人的条条框框。

听说他们把胡人这个词都几乎变成贬义了，这更是让我嗤笑。汉人个个自诩知书达礼，不知《礼仪》有云"眉寿万年，永受胡福"吗？

事实证明，我们的确是受上天庇佑的部落。

我们的第一位单于叫头曼，他是我的曾祖。在他统一各部落建成帝国后，他的儿子冒顿，又为我们建立了完整的王族体系，带领我们的氏族走上正轨。他还扩大了版图，猛攻东胡、月氏等族，令我们的国土面积甚至广过了西汉。除此以外，他把河套地区也收入了囊中。

河套地区的纳入更加壮大了我们的力量。那里水草丰美，是我们游牧民族的天堂，更是与汉军交战的战略要地。

在我们的武力震慑下，汉朝的皇帝屡屡后退。

冒顿单于写信调戏吕后，汉皇却只能隐忍退避免战争；老上单于连年攻打汉地，文帝反而乖乖送来金银和公主；军臣单于多次与吴王合作入侵，景帝怒火冲天却无计可施。

军臣单于是我的哥哥。他在位期间，我们的军力到达了顶峰。

"肆行侵掠，候骑至雍，火照甘泉。"

在我哥大举进攻的铁蹄下，他们汉朝的烽火烧到了甘泉宫。我哥本来想趁着七国之乱直接拿下长安，但没想到各诸侯的叛乱被很快平息，只能作罢。

不过后来他就有些盲目自信了，不把汉朝的任何人放在眼里，哪怕是那个新登基的刘彻。可我看得真切，这个新皇帝和之前的皇帝都不一样。

果然，龙城之战我们败了，且汉军有愈战愈勇之势。

我哥死后，他那个不中用的儿子继位。我知道，如果把我们一族交到他手里，那覆灭只是时间问题。所以我自立为王，当上了单于。至于我那个懦弱的侄子，竟然跑去了汉朝，寻求刘彻的庇护，最后缩居在长安当了个涉安侯。

真是我胡族耻辱！

不过没关系，我不在乎。毕竟眼下最重要的事就是带着我胡大军，踏平大汉疆土。

我即位后不久，立刻攻进了汉人边境，杀太守，侵雁门，抢夺百姓一千余人。一年后，我又打下了代郡、上郡等地，再次杀掠几千汉人。

虽说后来在漠南之战中，卫青打败了右贤王，但我在汉军出定襄北征时，也令他们右将军苏建和前将军赵信的军队全军覆没，赵信更是直接归顺于我。

那个卫青的确有些本事，不过我们打得有来有回，我并不把他放在眼里。

那时我以为攻下汉朝是早晚的事儿，直到那个家伙出现。他叫霍去病，是个十八岁的少年。

我起初丝毫没在意过他，据说他和刘彻关系极好，还是卫青的外甥，第一次出征就被封"剽姚"校尉。我了解汉人文化，我知道"剽"，轻捷也；"姚"，美好的意思。都没打过仗就行军轻捷？所以我只当他是个走后门的小子。

没想到正当我率主力军与卫青在正面战场厮杀时，岂料后方被袭了。

我很震惊，问属下是何人敢如此行事？

要知道大漠地形复杂，时常风沙漫天，因此我从不担心汉军敢孤军深入。因为一旦迷路，下场只有骨埋黄沙。

属下回答，看着是个眉眼非常年轻、周身气场可怖的将军，但不知道名字。

眉眼年轻？难道……

我问，是叫霍去病吗？

属下连连点头。

此时已降的赵信建议我退向漠北，远离汉军要塞。依他了解，武帝日后必会遣军深入，等兵马疲乏力竭时，我们再将其一网打尽。我觉得他言之有理，于是命剩余大军撤退。

远处残阳如血，照得大漠橙红一片。

我站在沙山上，遥遥看向长安方向。想来那个霍去病，此时应正在刘彻面前领赏吧。没想到那位敢夜奔百里的勇士，竟然就是他。

我在脑海中勾勒着霍去病的脸，不觉有欲杀之而后快的恨，只觉得他燎得我斗志熊熊燃烧。

我调转战马，走向漠北深处。

很期待和他的下一次交锋。

第二次遇到他已经是两年后。

这一次霍去病独自率军出发，在我反应过来的时候，他已经翻越乌戾山，渡过黄河。

我诧异于他的速度，他简直像一道闪电一样，将河西诸部落劈开，逐个包围击破。这些小部落溃不成军，纷纷投降，就连我儿子都差点被捉住。而根据来报士兵的消息，霍去病既没有抢夺物资，也没有掳掠民众，一直保持着行军的轻简。

一般我们胡族率军打仗时，很少带大量补给，都是打到哪儿抢到哪儿。所以我们行动快，机动性强。而汉军作战模式死板，部队又冗余庞大，所以很难打过我们。可是霍去病竟然能比我们还迅速，短短一周内转战千余里，越过焉支山，在皋兰山与我军主力展开了决战。

我第一次见到这样的汉军。

勇猛，彪悍，每个人都像向死而生的勇士。

我军战败成了定局。他们斩了卢侯王，浑邪王趁乱逃跑。而霍去病离开前，还抢走了休屠王的祭天金人。

这次战役打得我方措手不及。我本以为汉军会休整一段时间，没想到不过数月，他们就又对我们发起了攻击。

正当我的左贤王大军顺利包围李广一队人马时，霍去病却已经如幽灵一般在祁连山出现，他竟深入我方边境两千余里。

这种大迂回、大包抄战略，我闻所未闻。

我们的军队难对付，便是胜在"出其不意"这四个字上。我们像一道风，令敌人难以捕捉。但这个霍去病竟然比我们还要出其不意，他在用我们的方式打败我们。

浑邪王和休屠王率军慌忙迎战，结果这两个废物都输了。

浑邪王上一次侥幸逃脱，本以为他有了与霍去病正面交锋的作战经验，这次能有针对性地迅速组织反击，没想到他再次战败逃跑。

得知消息后，我怒得扬了那月氏王头骨制成的酒器。一个屡战屡败，害我损失几万战士的无能部下，留着有何用？等他一回来，我便要直接杀了他。

没想到我身边竟有浑邪王的奸细，浑邪王听说我要杀了他后，竟然直接不回来，转而去投奔刘彻了。

我不在乎他，但我在乎他手下属于我的三万兵马。

后来据幸存的士兵说，当时浑邪王一心投敌，但休屠王和军队里的大部分人都反对，于是引发了骚动。刘彻怕我们是诈降，所以让前来受降的霍去病带了一万人马。可即便是一万，也不及我军人数多。若是浑邪王当时能与休屠王合力抗争，说不准会打赢，回来也能将功折罪。

我听到这，心中思忖。若是他们二王能奋力相搏，哪怕不能生擒霍去病，但凭这"诈降"之勇，我也不会追究前面的过错。想来那休屠王正是如此打算，可是为何浑邪王……

士兵继续道，就在骚乱时，霍去病直接杀进了我方阵中，找到了浑邪王，而后屠了八千战士。

让士兵退下后，我走到营外，看向天上皎皎明月。

这天是蛾眉月，像极了我们胡族手中的弯刀。

难道上天不再庇护我们了吗？我不解。我更不解的是，那霍去病到底是何方神圣？

之前我只觉得他是个热血的少年将军，可现在我不觉如此。他心思缜密，极会操纵人心，行事老成毒辣，压根不似个少年人。

方才士兵说他径直去找浑邪王，我知道，这其实就是为了稳住浑邪王，给浑邪王"大汉必受降"的明示。而大杀士兵则是为了威慑人心，让忠心于我的将士之血，封住其余人的回头路。

此战一结，我右臂尽断，三王牧地全失。

"失我焉支山，令我妇女无颜色；失我祁连山，使我六畜不蕃息。"

我祖辈打下的疆域，就这样被一寸一寸夺了回去。

河西走廊彻底归属于汉朝了。他们建立了酒泉、敦煌等四郡，迁去内地人民。河西走廊气候极佳，不论种植还是畜牧都十分适宜。汉族本就缺少战马，这样一来……呵，刘彻怕是做梦都要笑醒了。

听说刘彻由于甚喜，赏了霍去病一座大宅。可霍去病拒绝了，称"匈奴未灭，无以为家"。

我望着如刀锋的弯月，思绪万千，他可真是个棘手的敌人。

河西大战后，我们的大体战略方针没有改变，依旧是"诱罢汉兵，微极而取之"。

此时的汉朝已经不再是那个唯唯诺诺、无将无马的帝国了。所以我继续率部远进漠北，待汉军追击，便以逸待劳，消灭他们。

不知这次，面对远距离的迁徙，霍去病又能如何应对。

第二年的春天，既是为了报河西之仇，也是为了引刘彻派兵出击，我攻下了右北平和定襄两郡。毕竟留给汉军休整的时间越多，对我们越不利。

果然，次年刘彻就开始币制改革，为大战筹集钱财。而我也加快速度操练士兵，转移辎重。

没过多久，汉中传来消息，刘彻调了十四万骑兵和十万步兵，在卫青和霍去病的带领下分两路出发了。

我将精兵布于沙漠北缘，全副武装准备迎敌。

空气中满是大战即将开始的紧张气氛，这令我亢奋无比，我不知道自己迎战的是不是霍去病，如果是，这将是我们第一次正面交锋。

很快，卫青率领的汉军兵马如压城黑云般攻了过来。敌我双方殊死交战，直至太阳西斜，大风骤起，一时沙石蔽目。

按我方预测，汉军应已精疲力竭。我本想趁机反攻，可没想到汉军兵马强壮，毫无倦意。

再这样战下去，恐怕连我都会被生擒。于是我当即决定带着几百精兵，突出重围逃亡。

本部既已兵败，我将希望全寄托在了左贤王等人身上。若是霍去病出现重大失误，我们仍有获胜的可能。

可想到这里我不禁苦笑。他是霍去病，我唯一看得起的敌人，又怎会轻易露出破绽呢？

我在逃亡路上，属下来报——霍去病带着少量补给，进漠北两千余里，翻离侯山，渡弓闾河，活捉了大臣章渠，斩杀北车耆王，大败了我的左贤王军。他们身姿骁勇无比，所到之处片甲不留。甚至在狼居胥山举行了祭天封礼，又在姑衍山举行了祭地禅礼[1]。

我勒住缰绳，战马高高扬起前蹄，发出一声嘶鸣。狼居胥山……那是我族圣山。

多年前那个叫秦始皇的汉人帝王，在祭天封礼时功德都不够，他一个武将，竟然敢在我们的地盘祭天封礼。

要说他真是为了向上天寻求庇佑，那简直是笑话。汉武帝赐他大酋，那祭天神的美酒时，他毫不在意，甚至将其倒入泉中，与属下共饮。

霍去病这番举动，明摆着是在侮辱嘲笑我族不能奈他何。

"饮马瀚海，封狼居胥。西规大河，列郡祁连。"

漠北之战，我败得彻彻底底。

他追我们一直到北海，杀了我七万四百余名将士。

我被迫远离了那丰腴之地，来到艰苦非常的沙漠深处。瀚海阑干百丈冰……我胡族元气大伤，很长一段时间内，再无南下之力。

两年后刘彻遣来使臣，问我要不要俯首称臣。我天之骄子，怎么可能对他们服软？

汉武帝很气愤，于是打算再次出兵。这一次，他要彻底消灭我们。

我们胡族虽然没有能力与之抗衡，但士气还是要有的。我与士兵拿起弯刀，久久凝视汉朝方向。

不过我没有等来汉军，等来的却是霍去病去世的消息。

士兵都扔了兵器振臂高呼，围着篝火起舞。毕竟这样一个强大敌人的陨落，代表我们胜利的概率会大幅提升。

我却没有笑出来。

我回到帐中，拿出一幅画——那是几年前士兵从汉中地带回来的，霍去病的画像。

画像上，他身披战甲，眼神坚毅如虎。多么英勇豪气的少年将军……

他确实是我的敌人，我做梦都想打败的敌人。

可同时我也敬佩他，他的胆识、智慧和孤注一掷的果决，都足以赢得我作为胡人的尊重。

1《史记·卫将军骠骑列传》："济弓闾，获屯头王、韩王等三人，将军、相国、当户、都尉八十三人，封狼居胥山，禅於姑衍，登临翰海。"

启明星微亮，篝火已几近熄灭。

我走出帐中，向长安方向举起一杯酒，而后洒在地上。

听说这是汉人祭亡魂的方式，可以让逝者一路走好。虽说我与汉朝的仇恨永无消减可能，但我也愿敬霍去病一杯酒。

希望他来世，仍是"一身转战三千里，一剑可当百万师"的少年。

也希望那时，我们不再是兵戎相见的对手，而是把酒言欢的朋友。

END

第三卷

飒沓流星
三万里

饮马瀚海，封狼居胥，少年意气溢三军；

银鞍白马，飒沓流星，将军西北洗胡沙。

汉家史书里的浓墨重彩，北方战场上的猎猎战风，全都指向了一个少年的名字——霍去病。

少年如日之升，一朝与天齐平。

无论揭开多少怀念与遗憾，都是烈焰曾燃烧过的光芒，是刀剑风霜之间的纵横，是人声鼎沸胜利相贺之时的回眸。

他平生之事，不过漠南漠北，长途奔袭万里不息，执明月弯弓，战如火烧红榴，不过为胸怀之间的"安宁"二字。

而当天边那颗最明亮的长星坠落时，它拖着如剑般的银色锋芒，瞬息即逝，爆发出此生最绚烂的光辉，而后消失不见。

再次铺叙的少年生平，再见大漠风沙、星月迢迢，与汉武王朝锻造出的一把绝世好剑。

此时星汉灿烂、明月高悬，且听亘古的静谧中传来悠悠的高歌，那是千百年前死去的群星，正迈过时光，横渡岁月，携着他们一生的故事千里迢迢而来……

文／拂罗

人生际会

出身仕汉羽林郎

去病出代二千余里，封于狼居胥山，禅姑衍，临翰海而还。

是后匈奴远遁，而幕南无王庭。[1]

碧空澄蓝，天光粲然，山脉之下，汉军停驻。

"霍将军，您看！我们到了！"

这年春天，二十二岁的霍去病第一次真正看见狼居胥山。

白云草地之间，他驻马仰头，看见连绵的山峦藏在云雾中，山巅之上，去年隆冬的皑皑积雪还未消融，远远望去，如同上苍给狼居胥山披了件柔软的狐白裘。

难怪匈奴人将它称作圣山。

在将士们万分激动的注视下，稳重寡言的将军摘下头盔，露出一张过于年轻的脸庞："很好，准备举行祭天封礼。"

"是！"身后汉军齐声欢呼，众人高唱起"四夷既护，诸夏康兮"，歌声一浪接一浪，撼得山摇地动。霍去病唇边难得扬起笑意，他眯眼朝蓝天尽头眺望，看见一只雄鹰正以搏击长空之态，恣意冲破厚重的风云，不见了。

自己是不是在哪儿见过它？

脑海蓦地浮现出曾被遗忘的儿时画面，平阳府的奴役大院里，常常坐着两个不起眼的奴家子，一个温柔持重的少年，一个满眼好奇的幼童。

他的记忆回到多年前，舅舅卫青给自己讲秦汉故事的那个午后，恰好也是春至微寒的时节。

汉朝在后世史官的谱写之下，它成了的泱泱长河，整整流淌了四百余年，越过西汉与东汉，历经二十九帝，终于将"汉"深深糅进中原民族的骨血，成为民族的名字。

曾经威武的秦帝国只传二世而亡，咸阳宫连月的烈火仍在史书深处猎猎不熄，劲风却将书页"哗啦啦"翻到下一页，山河改朝换代，前朝遗老们仍颤巍巍地唱着故土草木深。

西楚霸王项羽自刎乌江，汉高祖刘邦一统乱世，定国号为汉，这是儿时霍去病

---

1 出自《史记·匈奴列传》。

百听不厌的英雄故事。

毕竟，大汉举国崇武的风气，是从刘邦建汉之初便诞生的："大风起兮云飞扬，威加海内兮归故乡，安得猛士兮守四方……"

《大风歌》乍听唱得相当豪迈，好似能越过厚厚的史书，看见"以布衣提三尺剑取天下"[1]的天子正穿着龙袍叉腰大笑，但仔细听来，其实每句都藏着重重的忧虑：

我君临了天下啊衣锦还乡，如何才能得到猛士啊镇守四方？

守四方，一语道破刘邦内心对于大汉国土动荡的担忧。

汉高祖坐在龙椅之上，看着贫瘠荒凉的山河，他愤然嚷出一个经典问题："老子打下这么大的江山，钱都去哪儿了？！"

钱……都被连年的战争给消耗掉了。

中原百姓其实从来没富裕过，早在汉朝建立前，这片土地就饱受征伐。

史书每页都有人命，或一人，或万人，由笔记下的是帝王将相，从纸背渗出的是苍生血泪。把书翻到最前头，当神秘残酷的殷商随着"周武王灭商"事件结束，西周传了二百七十五年，传说陨落于幽王那一把戏诸侯的烽火。

幽王："出大事了！急急急在线等——"

诸侯惊慌赶到现场："莫非是西戎打过来了？"

幽王："没！比西戎打过来更严重！我家褒姒不爱笑……哎，你们怎么走了！"

诸侯："什么恋爱脑，呸。"

如此反复折腾，西戎派兵打过来那天，幽王惊恐命人燃起烽火，诸侯们这次连眼皮都没抬，该吃吃该睡睡。就这样，周幽王在一片欢声笑语中迎来了亡国结局，并连累褒姒被扣了个"红颜祸水"的大黑锅。

故事真假，众说纷纭，但不论周幽王有没有命人烧起那一把荒诞的烽烟，西周的灭亡都是命中注定的。

早在第七任君主周懿王统治时期，西周便日渐衰弱，此后西戎入侵、狁狁迁都、国民暴动……到第十二任国君幽王继位时，西周国运已走到尽头。

---

1 出自《汉书·高帝纪》。

戎者，凶也。[1]

华夏部落与西方部落的战火纷争从未停止。戎，指华夏之外的部落。西周被宿敌犬戎所灭，至春秋时期，西戎又被秦国诛灭，据说小部分西戎人逃难融入了匈奴部落，继续为祸中原。

诸侯面面相觑："……不然，咱们当作什么都没发生，再立个周天子吧？"

东周建立了，天子沦为吉祥物般的存在，可以无能，但不能没有。因各路诸侯立场不同，一度出现"平、携二王并立"的尴尬局面，平王受到诸侯们拥护，而携王那边相对弱势，最后被诛杀。

既然周天子已经沦为背景板，那么……老大轮流做，今年到我家？

江山如画，谁不想将它收入掌中呢？

诸侯们按着剑，围绕在版图旁，将幽幽目光对准彼此，都渴望能"奉天子以令诸侯"。

于是春秋战国时代徐徐拉开序幕，这是一段群雄逐鹿、百家争鸣的大乱世。诸侯国并列的乱战时代被称为"春秋"，各国互相吞并，如同大鱼吃小鱼。

当战争的局势逐渐分晓，奴隶制渐渐被淘汰，封建制度慢慢浮现，这天下出现了七个实力最强大的诸侯国，史称"战国七雄"。

秦、齐、楚、燕、韩、赵、魏。

这个时代既绚烂，又悲壮，既遥远，又真切，仿佛一首忽远忽近的擂鼓战歌。合纵连横，运筹帷幄，布衣谋士大步迈向茫茫天下，孤胆剑客在易水高唱送别的歌。

对于当时的百姓们而言，它却是一个动荡恐怖的年代，总共五百多年的春秋战国，仅仅是有史可记的战争，竟发生了七百多场。

所以，不论沧浪之水清浊，汨罗江畔永远都屹立着屈原涕泪满面、仰天悲唱的侧影。

长太息以掩涕兮，哀民生之多艰——[2]

五百年间，一代又一代的屈原们曾踉踉跄跄奔赴死亡，他们赤着双足踏过锋利

---

1 出自《风俗通义》。
2 屈原《离骚》。

的白骨，在这片渗满鲜血的土地之上求索，没能亲眼看一看毕生渴求的太平盛世。

直到秦王政二十六年，秦扫六合，车同轨，书同文，行同伦，至此彻底宣告奴隶制的结束。

嬴政是华夏第一位皇帝，作风威武霸气，他曾南平百越，北击匈奴，派蒙恬"北筑长城而守藩篱，却匈奴七百余里，胡人不敢南下而牧马，士不敢弯弓而报怨"[1]。

朕为始皇帝，后世以计数，二世、三世至于万世，传之无穷——[2]

"以山河统一为大结局，穷苦的百姓们还是没能过上好日子吗？"年幼的霍去病听舅舅讲到这一段，也曾迫不及待地问过。

原来，"鼎铛玉石，金块珠砾，弃掷逦迤"[3]可不完全是艺术加工，虽然秦一扫六合，但六国遗民的旧仇却仍未熄灭。

秦人纷奢，在秦始皇统治时期，就出现了"赋敛重数，百姓任罢，赭衣半道，群盗满山"[4]的悲惨画面，而秦二世胡亥上位后更加严重。

于是，旧楚贵族项羽拔剑而起，泗水亭长刘季逃亡芒砀，秦亡。想想宠信赵高的胡亥，再想想他老爹开开心心说的"万世"，充分说明 Flag 绝对不要立太早。

当年垓下的楚歌已无人能记起调子，汉高祖那豪迈的《大风歌》却仍在百姓的口中相传。

当高祖皇帝拼命按捺着激动的心，用颤抖的手勒缰驻马，俯瞰自己打下的江山时，入目只有满目疮痍，民生艰苦，内忧外患。

悲凉涌上汉高祖刘邦的心头，他清醒意识到，自己老了，而他打下的大汉却如稚子，才正要咿呀学步。

汉兴，接秦之弊，诸侯并起，民失作业而大饥馑。凡米石五千，人相食，死者过半。[5]

这段记载，将开国时汉朝的荒凉刻画得淋漓尽致，刘邦身为天子，乘车出行竟连四匹毛色相同的马都凑不齐，将相更是只能乘牛车往来。

---

1 贾谊《过秦论》。
2 出自《史记·秦始皇本纪》。
3 杜牧《阿房宫赋》。
4 出自《汉书·贾山传》。
5 出自《汉书·食货志》。

旁人："欸，您这几匹马咋五颜六色？"

刘邦："哦，因为三个相同颜色的马凑一块儿会消失，满意了吗？"

好吧，笑话有点儿冷，总之汉初连拉车的马都稀缺，更别提打仗用的战马了。

打天下易，守天下难，内有异姓王心怀不轨，外有匈奴屡次入侵。当泗水亭长坐上那把龙椅后，他终于发现，原来它脆弱得像史册的一页薄纸，不禁仰天长叹："安得猛士兮守四方！"

汉初衰弱到什么程度呢？当年匈奴入侵中原，刘邦愤然率兵出征，却险被彪悍的匈奴围杀，从此不敢再与之较量，只能生生把这口气忍了下来，和亲赔礼，以求和平，慢慢积攒国力。

转眼到了汉朝第六十二年，当霍去病在平阳县一户贫贱的奴役之家出生时，汉武帝刘彻刚刚继位。此时，经过历代汉帝"反秦之弊，与民休息"的政策，国库已攒下了不薄的家底。

霍去病听舅舅卫青说，在自己记事以前，家中曾过着饥一顿饱一顿的苦日子。

四岁为奴家子，十二岁成国戚，十八岁封冠军侯。

随着卫家地位一飞冲天，霍去病本该困苦的命运也立刻扭转。这孩子长于绮罗，关于四岁前的记忆，他脑海中只剩下一片片晃动的影子，如同碧波上浮浮沉沉的粼光，需努力打捞，才能拼成故事。

当时，匈奴部落屡次威胁边关，汉民们一致对外，诸如"他日定要在马背上建功立业"的豪言从街头传到巷尾。

霍去病记起来，年仅四岁的自己曾响亮地对舅舅说出此生唯一的梦想："我这辈子一定要做个名震千古的大英雄！"

星月迢迢，破落院子里坐着一大一小两道布衣身影。

当稚嫩清亮的童声讲起"一辈子"时，恰逢天边那颗最明亮的长星坠落，它拖着如剑般的银色锋芒，瞬息即逝，爆发出此生最绚烂的光芒，而后消失不见。

和锦衣玉食的小外甥不同，卫青跟着身为奴婢的母亲，自幼吃过很多苦。

武帝刘彻的姐姐是阳信公主，因嫁给平阳侯曹寿，又被称为平阳公主。在这座华美的公主府内，曾生活着一位性子温暾的奴婢卫媪，她是卫青的母亲——媪是老妇的意思，府里人不知她的本名，只知她早年嫁给一位姓卫的奴仆，故此叫她"卫老太太"[1]。

卫家两口子总共生下一男三女：长子卫长君，长女卫君孺，次女卫少儿，三女卫子夫，最伶俐的女儿当属卫子夫，后来成了公主府讴者，也就是歌女。

在儿女们尚年幼时，卫媪的丈夫不幸病逝，她遇见了一位前来平阳侯府办事的县吏郑季，很快就怀上了这个男人的孩子。当卫媪一手牵着儿女们，另一手慢慢抚摸起腹部，开始憧憬未来的生活时，她的情郎却收拾铺盖卷，仓皇逃了，再没回来。

始乱终弃，俗称渣男。

卫媪孤零零生下的幼子卫青，自然也就成了人人唾骂的私生子。做母亲的实在没有能力再养活一个儿子，她只好将卫青送到郑季家里，希望这个人能好生抚养儿子，却不料年幼的卫青就此开始了一段悲惨的生活。

原来，郑季竟是有家室的。

男人厌恶这个瘦弱穷酸的私生子，不耐烦地挥挥手，安排他去山坡放羊，全然不顾男孩长得还没羊高。接下来几年，卫青在生父家过得灰头土脸，被郑家儿子们当作小奴隶呼来喝去，随意打骂出气。[2]

"就凭你，也想与我们称兄道弟？"

"滚回山上放羊去吧，奴隶的儿子也永远都是奴隶！"

童年经历给卫青造成了沉重的阴影，少年变得自卑又沉默，稍长大后，他不堪虐待，鼓起勇气连夜跑回生母家："从此以后，我与郑家再无丝毫瓜葛！"[3]

卫青成了平阳公主身边的骑奴，随主人出入宅院，逐渐长了见识，回家后他便讲故事给小外甥听。

与少年隐忍的性格不同，这孩子眼里总是闪烁着明亮的锋芒，听完故事顿时气得牙痒痒："谁也不能欺负你！我要去找他算账！"

1《汉书》："媪者，后年老之号，非当时所呼也。卫者，举其夫家姓也。"

2《史记》："青为侯家人，少时归其父，其父使牧羊。先母之子皆奴畜之，不以为兄弟数。"

3《史记》："青同母兄卫长子，而姊卫子夫自平阳公主家得幸天子，故冒姓为卫氏，字仲卿。长子更字长君。长君母号为卫媪。媪长女卫孺，次女少儿，次女即子夫。后子夫男弟步、广，皆冒卫氏。"

"我只希望我的小外甥不必吃苦，放下内心的重担……"卫青揉揉他的头，"倘若有机会，你一定要去见识更广袤的天地。"

出身底层的卫家人虽然不善言辞，但他们身上都显出一种宠辱不惊的珍贵特质，这种氛围对霍去病的成长产生了极大的影响，使他心中焦躁的怒火被抚平。

霍去病抬起头，看见一只雏鹰振翅划过长空。

"大鸟……"孩子惊呼着，摇摇晃晃地跑起来，想追上它，却只能眼睁睁看它飞出视野。

平阳府的院墙将天空分割成四四方方的井，纵然极力想象，也想不出远方是怎样一番开阔的好风光。

成为大英雄的梦想，何日才能实现呢？这成了困扰小霍去病最久的一个疑惑。

其实，霍去病也是一个私生子。

他的母亲正是卫少儿，卫青的二姐，这个温柔善良的平阳府奴婢总是埋头做工，一言不发，据说她在刚刚及笄时遇见了情郎，却不料被情郎始乱终弃。

通过卫家母女的遭遇，可窥见汉时女子的生存处境。

汉朝规定，女子十五岁至三十岁未嫁者，必须额外交人头税[1]，这根本不是普通百姓家负担得起的，父母只好含泪早早将女儿嫁出。

这条法律虽然使得人口迅速增长，却成了紧紧勒在女子们脚上的镣铐，时间久了，这无形的镣铐便锻入思想，变得根深蒂固、坚不可摧，十五岁谈婚论嫁逐渐成了一种社会风气。

就在卫青逃回母亲家的几年后，他的小外甥呱呱坠地，卫少儿给孩子起名"去病"，只希望他能平安长大。

后来，卫青作为骑奴的日子里，看见小小的霍去病曾因为被骂"野种"，像斗鸡似的跟其他孩子打成一团。

原来，卫少儿担心悲剧重演，她从未告诉过儿子生父是谁。

1《汉书》："女子年十五以上至三十不嫁，五算。"

母亲做工，小姨练舞，霍去病鼻青脸肿地坐在小院儿里抬头望天，谁唤也不答应。卫青从孩子身上看到昔日自己的侧影，他走过去坐下，笑问："想听故事吗？"

日复一日，这孩子关闭的心扉终于被打开，舅舅成了他最重要的至亲，最耐心的引导者。

那个春至微寒的下午，全府上下忙成一片，据说要迎贵客。

小霍去病照例听舅舅讲故事，舅舅说他前几日随人去甘泉宫，一位囚徒看见他的相貌，居然惊呼："你是贵人啊，以后肯定能官至封侯！"

"我是奴隶的儿子，只要不被主人鞭笞打骂就够了，哪能封侯呢？"卫青笑着摇头。[1]

舅舅当时黯淡的神情，霍去病牢记在心。

或许从小听过太多波澜壮阔的英雄故事，他心中莫名激荡起一股愤然不平的情绪——梦想梦想，如果连想都不敢想，又谈何实现呢？只管朝前就够了，何必顾虑这么多！

"才不是呢！"小孩坚定摇头，"在我心里，舅舅你就是最厉害的人！"

霍去病没想到，自己的梦想居然没过几年就成了真，这天平阳府迎来的大人物，叫刘彻。

此时，刘彻登基已有两年，与结婚数年的陈皇后迟迟没有子嗣，平阳公主将这一切都看在眼里，为拉拢天子，她从民间搜集了十多个国色天香的美女，准备进献。

机会在这一年来了。

建元二年春，十八岁的武帝去霸上祭祖，顺路来平阳府探望姐姐。平阳公主大喜过望，连忙为弟弟举办了一场盛大的接风宴，并吩咐府里的人将美女们领进宴场，拜见天子。

觥筹交错，美人簇拥，姑娘们使尽浑身解数，直教人看得眼花缭乱，不料刘彻无动于衷，打着哈欠："啥时候吃饭？我饿了。"

平阳公主：我恨你是块木头。

1《史记》："青尝从入至甘泉居室，有一钳徒相青曰：'贵人也，官至封侯。'青笑曰：'人奴之生，得毋笞骂即足矣，安得封侯事乎！'"

她只好扶着额头挥挥手，示意美人们都散了吧，摆酒菜开席，顺便让府里的小歌女们来唱唱歌助兴。

于是，小歌女们从堂外鱼贯而入，其中一个容色出众的少女头梳盛髻，长袖曳地，毫不怯场地悠悠唱起自己编的曲子。

刘彻的目光懒洋洋地扫过众歌女，定格在这位小歌女身上，眼睛不禁"唰"地亮了起来："这位是？"[1]

平阳公主震惊。

千挑万选的倾城美人看不中，偏偏看中我府上朴实无华的灰姑娘，这是……主打一个霸道总裁情节？

同样震惊的还有堂下唱歌的小歌女，她正是霍去病的小姨卫子夫，前几日拼命练舞写歌，本想在事业方面卷死别人，却不料天降爱情来得这样快，男主还是天底下最大的霸道总裁——刘彻。

狂卷事业结果把自己给卷进去了怎么办，急，在线等。

不论如何，卫子夫当天便得到了天子的宠幸，即刻便要随天子入宫。她喜忧参半地向家人们挥手告别，一步步登上华贵的马车时，平阳公主想了想，顺便将骑奴卫青也托人送进皇宫当侍卫，希望他们姐弟俩能互相照顾。

就这样，因为皇帝轻飘飘的一句话，平阳公主得到千金作为奖赏，卫家姐弟也直接得了宫里的编制，尤其是卫青，虽然只是当个不起眼的小侍卫，但也算脱离了奴籍。

霍去病只记得自己被母亲抱在怀里，看见小姨登上一辆华丽的马车，而舅舅陪同在侧。公主则轻轻拍着卫子夫的后背，语重心长地开了口："去吧，在那边好好吃饭，时时自勉，以后你要是富贵了，可别忘了我啊！"[2]

计划达成。

车马萧萧，渐行渐远，小霍去病拼命伸手乱挥："舅父，姨娘！你们去哪——"

1《汉书》："帝祓霸上，还过平阳主。主见所侍美人，帝不说。既饮，讴者进，帝独说子夫。"
2《史记》："是日，武帝起更衣，子夫侍尚衣轩中，得幸。上还坐，驩甚。赐平阳主金千斤。主因奏子夫送入宫。子夫上车，主拊其背曰：'行矣，强饭勉之！即贵，愿无相忘。'"

"去病，他们要去皇宫，那是当今天子居住的地方，这是大好事呀！"看见母亲眉梢的喜色，年幼的霍去病还未意识到，这辆远行的马车，会载着家族走向富贵。

没人再陪霍去病玩耍，他成了母亲身后的小尾巴，并且很快发现一件令人惊奇的事：不知从哪天起，母亲身边多了一个陌生的叔叔，他叫陈掌。

"平阳歌舞新承宠，帘外春寒赐锦袍"，这诗写自后世王昌龄之手，所刻画的正是卫子夫受到宠幸的场面。

平阳公主府的小歌女新受皇帝的恩宠，帘外春寒料峭，刘彻轻轻将锦袍披在她的肩上。

但转眼入宫已有一年多，卫子夫却从未再受到皇帝召见，后宫美人如云，刘彻自回宫起便把她忘了。对于卫子夫而言，那日温情的场面简直就像一触即融的雪花，也如同每代帝王家转瞬即忘的恩宠。她时常在金丝笼般的后宫内望天儿，幻想小外甥如今的模样。

那孩子整天嚷嚷要当大英雄，如今可曾开始习武读书了呢？泪水从少女脸庞滑落，她忽然想家了。

此时是建元三年，武帝决定挑选一批年老或体弱的宫人释放出宫，卫子夫终于得以再见到刘彻，她在他面前哭得泣不成声，求天子放她回家去。[1]

看着眼前哭得梨花带雨的少女，那日平阳府的种种终于涌上帝王的脑海，曾被刘彻遗忘在脑后的爱情忽地被点亮，他连忙紧紧握住卫子夫的双手，温声哄她："吾昨夜梦子夫中庭生梓树数株，岂非天意乎？"

在刘彻一通花言巧语之下，卫子夫打消了归家的念头。

从那天起，刘彻对卫子夫的爱情复燃，此后十五年没再断过，卫子夫也因此有了身孕，十个月后生下卫长公主，而卫长公主也成了武帝最疼爱的女儿。

盛宠之下，自然少不了宫斗戏码，卫子夫怀孕之事立刻惹来一个人的嫉妒，那便是迟迟无法怀孕的陈皇后，野史中"金屋藏娇"的陈阿娇——陈皇后的祖先是开国功臣陈婴，她母亲是汉文帝的女儿、汉景帝的姐姐，馆陶公主刘嫖。

1《史记》："入宫岁余，不复幸。武帝择宫人不中用者，斥出之。子夫得见，涕泣请出。上怜之，复幸，遂有身。"

汉景帝在世时，其实刘彻并非皇太子，他是在馆陶公主帮助下才扳倒兄弟继位的，与陈皇后的早婚也是标准政治婚姻。陈氏母女因此居功自傲，擅宠骄贵，恨不得横着走路。

当陈皇后愤愤将此事讲给母亲听后，立刻引来了馆陶公主的不满："区区奴婢之女，也敢飞上枝头，我非要教训教训她家不可！"

此处应有阴谋 BGM 响起，下一个镜头缓缓切到卫子夫脸上……

不过，谋害卫子夫的风险实在太大，陈氏母女将镜头手动一转，很快查到卫子夫还有个弟弟正在建章当侍卫，馆陶公主便派人速速逮捕卫青，打算杀他以泄愤。

"区区无名小卒，杀了还需要理由？"

杀手们倒提寒亮的长刀，一步步朝着少年走来，这是卫青第二次意识到自己地位的微贱，原来他这条命依然是旷野上的草芥，上位者唇舌随意一动，下方便是萍草摧折。

真的甘心当个平凡如斯的草芥吗？

这一句扪心自问在胸膛震彻，当电光石火间、命悬一线时，卫青又想起小外甥那双清澈的眼睛，那时他望向远飞的雏鹰，许下毕生的梦想。

卫青这才惊觉这个孩子竟比自己更有勇气。

"在我心里，舅舅你就是最厉害的人！"

卫青缓缓攥紧了双拳。不，绝不甘心！

他拼死撑到好友公孙敖出现的时刻，此人是武帝宫里骑郎，平日里与卫青关系最好。公孙敖听见消息，连忙带领许多壮士来搭救，卫青总算化险为夷。

刺杀事件很快传到武帝的耳朵里，武帝勃然大怒："好啊！她们还当朕是当年那个依仗陈家的胶东王？！朕这就让她们清醒清醒，来人！封子夫为夫人，让卫青来当我的侍中、建章监！"

天子一句怒言，让卫家平步青云，"夫人"乃是汉初地位仅次于皇后的称号，侍中则是武帝身边的近卫。接下来数日之内，武帝赏赐卫青的钱财竟多达千金！

这样就够了吗？还不够！

刘彻一怒之下连卫家其他群众也给安排得明明白白：卫长君被召来皇宫当侍中，

卫君孺嫁给当朝太仆公孙贺……什么？卫家还有一个寡母？问问卫少儿有没有心仪的男子，是贵族就给嫁了，不是贵族，朕就提拔成贵族再给嫁了！[1]

还！不！够！

年轻气盛的刘彻甚至大手一挥，连公孙敖都给重用了。

之所以做出这种霸总行为，是因为刘彻早看陈氏母女不爽很久了："昔日我身为皇子，尚需依仗你们家族才能登基，如今我已是皇帝，岂能受他人摆布？！"

通过此事不难看出武帝的性格，但凡他坚定想做的事，就一定要做到极致，谁也干涉不得，这也为后来刘彻一举撕破与匈奴的契约，正式对单于宣战埋下了伏笔。

从底层奴仆一跃成为钟鸣鼎食的贵族，卫家之事，震惊天下，当年的长安城内，曾经传唱这样一首歌谣："生男无喜，生女无怒，独不见卫子夫霸天下！"[2]

生男孩别太高兴，生女儿别太气恼，您难道没看见卫子夫名震天下吗？

不久后。马车颠沛，载着卫少儿母子与陈掌三人，进入长安。

第一次看见京城风光，霍去病好奇地四处张望，他看见街上有几个与自己年龄相仿的布衣孩童，正唱着那首关于卫夫人的歌谣。

此时，母亲已经与这个叫陈掌的男人谈婚论嫁了。此番来长安，正是因为武帝特意召见陈掌，要提拔他担任詹事，再把卫少儿嫁给他——

陈掌其实生于落魄的王侯家，他的祖上是开国功臣陈平，只不过到他这一代，因家里兄弟犯罪获死刑，导致失侯。

母亲要嫁人了，这件事对年幼的霍去病来讲并没有多大震动，养父待他平平淡淡，谈不上好坏，他偶尔愤恨这个男人抢走了母亲，偶尔又觉得母亲现在很幸福，这就够了。夫妻俩一脸憧憬地聊着天，霍去病只是安静地看着京城孩童们身上的漂亮冬衣，愣愣出神。

漫天飞雪，越下越大，回望童年，这幅画面成了飞雪深处的最后一眼。

1《史记》："大长公主执囚青，欲杀之。其友骑郎公孙敖与壮士往篡取之，以故得不死。上闻，乃召青为建章监，侍中，及同母昆弟贵，赏赐数日间累千金。孺为太仆公孙贺妻。少儿故与陈掌通，上召贵掌。公孙敖由此益贵。子夫为夫人。青为大中大夫。"
2 出自《天下为卫子夫歌》。

建元三年，若说那年是卫家人显贵的开始，那么那天就是卫少儿家飞黄腾达的开始，霍去病很快就不必羡慕那些京城的孩子了，他成了名副其实的富贵小公子，不愁吃穿用度，专心习武读书……

新丰美酒斗十千，咸阳游侠多少年。

相逢意气为君饮，系马高楼垂柳边。[1]

就这样，一个靡衣玉食、轻裘肥马的世界在孩子眼中渐渐铺开，他渐渐习惯了身边奢侈的生活，但从未忘记自己对舅舅许下的梦想。

布衣换成了锦袍，木剑代替了树枝，霍去病出落成一个眉清目朗的高冷少年郎，附近少女们每每提及他的名字，便忍不住亮起眼睛。

"他呀，平时虽然话不多，却是我见过的最有作为的少年……"

转眼已过了十年，陈皇后求子不得，竟施展巫蛊邪术害人，二十九岁的武帝震怒废后[2]，恰逢卫子夫生下第一位皇子刘据，她立刻被立为新后，成为椒房殿的新主人。

在群臣道贺、大赦天下的气氛中，卫家地位达到了顶峰，成了真正的外戚势力[3]。

除了受到小姨荫庇，卫家之所以强盛不衰，也因为卫青渐渐显露出的惊人才能，他被武帝升为太中大夫，俸禄千石。

更重要的是，卫青近年率兵出击匈奴，竟在龙城首战大捷，直接打破了匈奴铁骑在汉人眼里不败的恐怖形象。

凯旋当日，霍去病迫不及待地冲出家门，挤在人山人海里迎接舅舅。他看见舅舅身骑白马，正昂首率将士们入城，士兵们的盔甲长枪在阳光下闪烁银光，宣告着这支部队在边关斩获的胜利之喜。

---

1 王维《少年行》。

2《汉书》："后又挟妇人媚道，颇觉。元光五年，上遂穷治之，女子楚服等坐为皇后巫蛊祠祭祝诅，大逆无道，相连及诛者三百余人，楚服枭首于市。使有司赐皇后策曰：'皇后失序，惑于巫祝，不可以承天命。其上玺绶，罢退居长门宫。'"

3《汉书》："春三月甲子，立皇后卫氏。"

百姓欢呼声如同山呼海啸。

此时正是元朔元年，这盛大的场面映入霍去病双眸里，他的舅舅早已不是曾经那个内向的少年，而是成了故事里战无不胜的大将军，沉稳英武，意气风发。路过他时，卫青摘下头盔，露出一张英俊的脸庞，朝霍去病眨眼笑笑。

从那一刻开始，舅舅成了十二岁的霍去病最崇拜的偶像。

此后闲暇之时，卫青依然兴致勃勃地给他讲故事，只不过，这次换作了亲身经历的一幕幕传奇：龙城首胜、雁门鏖战、袭取河套……原来边关狼烟是这样的景色！原来披甲杀敌是如此的快意！

从少年跃跃欲试的目光里，卫青意识到，自己这位小外甥竟真是个天生将才！他曾经拎出难题来考验外甥，而少年每次思索后答出的话语，都敏锐到令他震惊。

这可是连久经沙场的老将都难以判断的战场局势啊。

霍去病的才能很快传入了武帝的耳朵里，作为姨父，刘彻自然见过这孩子几面，内心早已暗暗欣赏。于是，在霍去病十四岁那年，他正式被选为武帝身边的羽林郎。

羽林军就是汉朝禁军，取名自"为国羽翼，如林之盛"，这支部队的前身是建章营骑，专门选取阵亡将士留下的孤儿在营中培养，后来不局限于羽林孤儿，贵族少年皆可选拔。

出身仕汉羽林郎，初随骠骑战渔阳。[1]

"杀——"

"杀——"

此时正是元朔三年的某天，十四岁的霍去病第一次身披盔甲，大步迈入杀气腾腾的演武场。

操练声声，马蹄阵阵，少年们将鼓敲得震天响，凛冽的飞箭自骑兵们手中开弓射出，掠向草靶，一箭钉穿匈奴单于的麻纸画像。

从未有过的激荡在霍去病的胸膛震颤，此后十年间，它再未有过片刻停歇。

少年又想起儿时见过的那只雏鹰，如今它会在哪里盘旋？草原？大漠？还是风沙尽头更远的地方？

1　王维《少年行四首》。

原来，自已距离报国杀敌的梦想这么近！

军营里处处都与长安城内见惯的风景不同，有一种来自远方大西北的荒凉与肃杀，士兵们胯下的骏马如旋风般来回奔驰，那震耳欲聋的蹄声沉郁而激昂，轰隆轰隆。

锋利的箭尖在劲风中迸出火星，少年霍去病毫不费力地策马冲到队伍最前头，眼绽寒芒，弓如满月，箭无虚发。

这一切，仿佛都预兆着这支部队生来不凡，汉武时代，数年后将要锻造出一把绝世的好剑。

人生迹史

星月迢迢，破落院子里坐着一大一小两道布衣身影。

稚嫩清亮的童声讲起『一辈子』时，恰逢天边那颗最明亮的长星坠落，它拖着如剑般的银色锋芒，瞬息即逝，爆发出此生最绚烂的光芒，而后消失不见。

文/拂罗

白登之耻

胡骑长驱扰汉疆

山河入冬。

自年初以来，"大将军再次出击匈奴，大获全胜，几乎生擒右贤王"的好消息传遍长安，大汉臣民们抗击匈奴的热情愈发高涨，这已是卫青打胜的第四场仗，从京城到边陲，处处都能听见赞颂大英雄卫青的声音。

"好！好！朕向来以战功封侯，不会亏待有功的铁血儿郎！"未央宫内，刘彻那雄浑威严的大笑声震响云霄，"卫仲卿放心，朕在京城替你好好培养去病，等他再长大些，就让你们舅甥俩一同披甲上阵！"

天子真是时刻把外甥的名字挂在嘴边啊。

大朝正宫，群臣云集，文武百官的脑海中不约而同地闪过某个身影：那位面容冷峻的少年侍中，经常被陛下带在身侧，平日寡言少语，每每说话却锋芒毕露，像极了陛下年少时的脾气。

刘彻兴致勃勃地道："对了，最近我想教去病学学兵法，诸位爱卿可有推荐的兵书啊？不过去病那孩子聪明，寻常兵书只怕是不入他眼……"

群臣：唉，又开始炫耀孩子了。

演武场内，年轻气盛的贵族小伙子们正热火朝天地比试射箭。

"中了！"

"好！"

陛下非说小屁孩不能带兵打仗，最近舅舅回京议战，正好托他劝劝陛下……唉，长辈们何日才能允我真正上战场呢？霍去病将箭搭在弓弦上，眯眼瞄准靶心，发现自己稍微走了神。

以后要奔上沙场的将军，万不可心浮气躁。少年重拾专注，仅在半个呼吸间，他已重新调整好姿态，稳稳将这一箭脱手射出——

嗖！

箭若流星，正中靶心，周围立刻爆发出震天的喝彩声，这已是他在比试中摘得的第十个桂冠。

自从开始随舅舅锻炼以后，霍去病无论骑射还是排兵布阵都进步神速。

卫青自侍中升为太中大夫之后，更是连年受命出征，在边关与匈奴人打仗，与身在京城的外甥聚少离多。

而汉帝誓要灭胡，正对年轻的将才求贤若渴，听说霍去病出类拔萃，他立刻把霍去病选为侍中[1]，时时带在身边亲自栽培。

年少轻狂的霍去病，雄心壮志的刘彻，如今，这两人的关系简直形同亲父子。

拥有"侍中"的加官，便可出入皇宫，时刻陪在天子身边做事，俗称"打杂"。

这近臣工作，行事范围很广，上到"分掌乘舆服物"，下到"掌御唾壶"[2]，看似不起眼，却因为可以接触到天子而备受羡慕。毕竟，只要你不作"刘彻吃饭你转桌，刘彻喝水你刹马车"这样的死，基本可保你活得富贵无忧。

在一些西汉大臣眼里，只要能接近天子，哪怕端唾壶都愿意。

对刘彻来讲，他让霍去病担任侍中，最重要的是让其自由出入宫门，以便随时教导这孩子领兵打仗的道理。

每次入宫，霍去病都能从武帝口中听见许多壮烈的战争故事，刘彻时常大笑拍着少年的肩膀，讲起那些不为人知的往事：匈奴起源、刘家历史、两族纷争……一个与儿时截然不同的大汉在霍去病眼前徐徐铺开。

帝王眼中的大汉，是已经成熟的帝国，只待他厉兵秣马，以伺反击。

就这样，刘彻成功在少年的内心深处种下一颗火种，它不需要娇贵的春风与柔软的水，只待劲风扬起，飞沙磨砺，这颗种子自会向着烈日拔地而起，猎猎燎原，烧向西北。

少年毫不退缩，跃跃欲试。

在同龄少年只知道斗鸡走马的年纪，霍去病便直言，此生梦想便是当个报国的英雄，除此之外，别无所求。

刘彻听后哈哈大笑："好小子！当真是个百年难遇的将才！"

他看穿这少年眼底燃烧不熄的烈焰，天生将才，与他这个天子竟属于同一种人。

被贵族青年们簇拥着欢呼时，霍去病又想起舅舅那英勇矫健的模样。他不禁再次向往起边关的景色：倘若一改古兵法的笨重战术，换成轻装，奔袭大漠，能否将

---

[1]《史记》："是岁也，大将军姊子霍去病年十八，幸，为天子侍中。"

[2]《汉官仪》："武帝时，孔安国为侍中，以其儒者，特令掌御唾壶。朝廷荣之。"

那些凶悍的匈奴士兵打个措手不及？真想试试啊。

斗志昂扬的长安少年郎，早已摩拳擦掌，幻想起自己骑上战马、远赴边关的模样。正想着，脑海中的画面突然被谒者的呼唤声打断。

"霍侍中，天子召您去一趟——"

面对众多贵族儿郎，谒者的态度毕恭毕敬，偷偷抬眼瞥去，正看见容貌最出挑的那位孤傲少年淡淡应了声，电光石火间已勒缰掉头，双腿重重一夹马腹，朝着汉宫的方向飞驰而去。

陛下终于要允许自己出征打匈奴了吗？

霍去病还记得，陛下第一次讲起匈奴时，语气夹杂着几分愤怒与轻蔑，因为"匈奴"本身便是汉人对北方游牧部落的一种蔑称。这些外族的具体起源已不可考，只留下许多带有狼性的野蛮传说，玄乎其玄，成为边关百姓们心中最恐怖的噩梦。

或许是殷商灭夏时逃离中原的那支夏人[1]，跋山涉水来到严寒的塞外，与当地民族血脉融合，最终成为胡人的先祖。解锁新地图的代价是转职，这很合理，这些胡人的祖先从此过上了放牧、骑马与射猎的生活。

人是最擅长适应环境的生灵，相比留在中原的人类，这些转职者的基础属性面板有了飞跃式的加强，厉害到什么程度呢？

"儿能骑羊，引弓射鸟鼠，少长则射狐兔；用为食。士力能弯弓，尽为甲骑"[2]，也就是说，几乎个个都是天生的战士。

在国家建立以前，这些游牧部落曾过着草原狼群式的生活，"时大时小，别散分离"[3]。

他们分散在草原溪谷森林等地带，时不时与其他小国一起袭击中原——从西周开始，西戎对中原王朝造成了极大的威胁；自战国起，秦、燕、赵三国紧邻边关，屡次被胡人骚扰。

1《史记》："匈奴，其先祖夏后氏之苗裔也，曰淳维。"
2 出自《汉书》。
3《史记》："自淳维以至头曼，千有余年，时大时小，别散分离，尚矣；其世传不可得而次云。"

境内有一群玩大球吃小球的群雄列国，境外有一群随机刷新的战士。如果你是玩《战国online》[1]的某个领主，倒霉摊到地狱开局，如何才能最高效地抵御敌人呢？

没错，化身基建狂魔，修城墙。

为了抵御内外敌人，当时诸国皆有长城，只不过秦、燕、赵开局着实是困难模式。

赵武灵王遂下令"胡服骑射"[2]，让士兵们学习匈奴人高超的骑射技术，师夷长技以制夷，对于习惯守旧的汉人来讲，这无疑是一种大胆且聪明的做法。

这位赵王开辟了骑兵改良的先河，设"云中、代郡、雁门"三郡以作为防守，顺利收服了林胡与楼烦国，成为一代雄主。

然而，一代代帝王如朝升暮落，有最灿烂骄傲的时刻，也有最衰败灭亡的结局。赵王被活活困死在沙丘宫，被追谥"武灵"，当战国七雄的传说匆匆覆灭，嬴政一统山河，摆在他面前的是一模一样的外患难题，难度甚至还要乘七。

祖皇帝毕竟是你祖皇帝，嬴政命令蒙恬道："你带三十万秦军把这些胡人给朕扬喽！还有，把秦燕赵的长城连成一片！"

于是，蒙恬不仅驱赶了匈奴，还奉命把这三国的旧长城连成一片，它如一条白龙卧伏在大秦边关，集警报、屯垦、驻军多功能为一体，从秦至汉不断向北延伸，监视着胡人的一举一动。

那么胡人此刻在做什么呢？

时间线还没传到秦二世时，胡人对面是威武霸气的大秦，龙椅上坐着个恐怖的嬴政。

在草原上，诞生了一位名叫头曼的王者。据记载是匈奴单于头曼，他在世时被全称为"撑犁孤涂单于"，有广大之意——在头曼死后，世代首领也就被称呼为"单于"了。

头曼在与蒙恬的对战中惨败，狼狈地率领族人离开河套地区，迁到漠北居住去了。

---

1 是一款以我国春秋战国为背景的大型多人在线网络游戏。
2《战国策》："至遂胡服，率骑入胡，出于遗遗之门，踰九限之固，绝五径之险，至榆中，辟地千里。"

到秦朝末年，边关防御有所松动，头曼便趁机往回挪了挪，建立了自己的国家。[1]

志得意满的头曼不曾料想，他竟然不是最耀眼的男主角，后来弑父上位的太子冒顿才是。

头曼一共有大小俩儿子，据"东胡强而月氏盛"的记载，他要同时面临东胡、月氏两个强盛的部落，十分头痛，理应送个倒霉蛋质子过去。派谁呢？当爹的毫不犹豫地瞄向了不受宠的太子冒顿——

原来，小儿子是头曼单于最爱的阏氏所生，当爹的爱屋及乌，早想改立小儿子为太子了。

但太子之位不能说废就废，他得想办法杀了冒顿。这位睿智的父亲很快想到了一个好办法，只要我先把冒顿送到月氏当质子，然后再突然出兵攻打月氏，愤怒的月氏人岂不就能宰了那小子？真是隔壁某公主家的恶毒继母才能干出来的事儿。

头曼：嘿，真是一箭双雕啊。

头曼单于行动力超强，说到做到，他立刻挥挥手把太子冒顿送到了月氏，再杀了个回马枪，莫名挨揍的月氏人果然想宰了冒顿。

头曼万万没想到的是，冒顿这小子居然也行动力超强，他连夜偷了月氏部落的一匹快马，沉稳地在月下飞驰回匈奴国，安然无恙地回来见老爹了。

头曼：……

冒顿：……

父子俩大眼瞪小眼，本应是格外尴尬的场面，老父亲却不合时宜地一拍大腿："好小子，低估你了！你就继续当太子吧，爹给你一万骑兵统领着！"[2]

但凡是坑儿子的熊爹，最后只会教出一个坑爹的熊儿子。

任何不够纯粹的爱与恨，任何不够彻底的阴谋阳谋，最后只能让结局更加悲剧。

1《史记·匈奴列传》："当是之时，东胡强而月氏盛，匈奴单于曰头曼，头曼不胜秦，北徙。十余年而蒙恬死，诸侯畔秦，中国扰乱，诸秦所徙适戍边者皆复去，于是匈奴得宽，复稍度河南与中国界于故塞。"

2《史记》："单于有太子名冒顿。后有所爱阏氏，生少子，而单于欲废冒顿而立少子，乃使冒顿质于月氏。冒顿既质于月氏，而头曼急击月氏。月氏欲杀冒顿，冒顿盗其善马，骑之亡归。头曼以为壮，令将万骑。"

其实早在月夜遁逃的半路，冒顿就想了很多事，这位年轻狼子内心的血性已经被激发，他决定宰了自己这喜新厌旧的熊爹，说到做到。

不久之后，冒顿找来一种名叫"鸣镝"的响箭，顾名思义，发射时会发出嘹亮的响声，他手持弓箭对部下们下令："记住了，但凡我这鸣镝所射中的目标，你们谁要是不跟着一同对它放箭，杀无赦！"

一场有预谋的训练开始了。冒顿率先射中走兽，有部下迟钝未射，立刻下令杀之；冒顿又射向自己的爱马，其他部下不敢射击的，都被杀之；紧接着，冒顿又将鸣镝对准自己的爱妻，四周部下多有迟疑者，全部被他下令斩了首。

这般训练，日久天长，冒顿终于培养出一批最忠心的精锐部队。

恰逢某天父子出猎的大好机会，这一次，冒顿手里箭尖的锋芒，冷笑着对准了他父亲的头——

这模样，恰如父亲当年毫不迟疑地将杀意瞄向儿子。

鸣镝啸响，箭如雨下，头曼单于血溅当场。[1]

杀妻弑父的冒顿从此成了新的单于，他又杀了后母与幼弟，成为草原上最狠厉的一代霸主。他很快率兵击破东胡，驱逐月氏，再继续向外扩张，扫荡乌孙、楼兰、丁零……让各部落成为他的附属国，甚至南下中原，夺走了头曼曾输给秦将蒙恬的地盘。

此时，中原正是秦末汉初，揭竿而起的刘邦并不会知道，远方这支崛起的部落会让他经历一场最耻辱的惊险围杀——"白登之围"。

直到霍去病长成少年，听刘彻讲起这段故事时，汉民已经对肆虐残暴的匈奴忍无可忍，故此，当年卫青那奇迹般的龙城首胜才被传为神话。

在臣民们的仇恨值拉满时，卫青成了这个怒开大招的传奇人物，一仗打得扬眉

1《史记》："冒顿乃作为鸣镝，习勒其骑射，令曰：'鸣镝所射而不悉射者，斩之。'行猎鸟兽，有不射鸣镝所射者，辄斩之。已而冒顿以鸣镝自射其善马，左右或不敢射者，冒顿立斩不射善马者。居顷之，复以鸣镝自射其爱妻，左右或颇恐，不敢射，冒顿又复斩之。居顷之，冒顿出猎，以鸣镝射单于善马，左右皆射之。于是冒顿知其左右皆可用。从其父单于头曼猎，以鸣镝射头曼，其左右亦皆随鸣镝而射杀单于头曼，遂尽诛其后母与弟及大臣不听从者。冒顿自立为单于。"

吐气，痛快淋漓。

不久后，大汉君臣意识到，陛下身边的这位高冷少年，会是那个使攻守之势彻底扭转的天生将星。

宫门前。

在黄昏时分抵达这里，枯叶仍在马蹄之下飞卷，身穿锦袍的少年郎已跃下马，步伐稳健地走向宏伟壮丽的宫殿。几位值守宫门的南军早熟悉霍去病的面孔，点头放行，恭敬退开。

日月低秦树，乾坤绕汉宫。[1]

少年笔直的身段穿过宫廊下的光影，一重又一重，他的心头倏忽涌出十多年前的记忆，仿佛回到了昔日的平阳府，孤独的孩子跌跌撞撞穿过走廊，缠着舅舅讲故事……迈入大殿的那一霎，霍去病看见武帝那威严而不失慈爱的目光。

原来，那个缺失父爱的孩子早已不再孤独。

敕勒川，阴山下。

天似穹庐，笼盖四野。

天苍苍，野茫茫，风吹草低见牛羊。[2]

这是一首北朝乐府民歌，敕勒在汉朝又称丁零，曾经居住在瀚海一带，后被强盛的匈奴扫荡，与其他民族联合奋起反抗过那些铁骑。

汉高祖时期，阴山这片天然牧场被匈奴所夺，当单于在无边无际的大草原纵马驰骋，举弓杀向边陲汉民时，汉朝才刚刚建立不久，处于极度贫弱的状态。

连天子乘车的马都凑不齐颜色，又如何对付那些马背上的凶悍骑兵呢？

草原猎猎劲风吹动骑兵们身上厚实的皮袍，遥望中原的方向，冒顿的嘴角咧起一抹阴冷的弧度。

没人比他更想要中原那些肥沃的土地、稳定的气候、充裕的粮食……自幼时开始，他便跟着部落四处迁徙，见惯了草原上多变无常的天气，也受够了这片大自然随意

---

1 杜甫《投赠哥舒开府二十韵》。
2 出自《敕勒歌》。

施舍的残酷。

对于游牧部落来讲，他们所做的一切都是"靠天吃饭"，草是需要再生的资源，牛羊马要转移许多草场才能吃饱，所以他们注定是四处游荡的民族，无法在同一处安心定居，也无法积累财富与文化。

掠夺，成了最简单最原始的办法，只要能抢走中原的资源，一切问题自会迎刃而解。

狼子们将目光对准中原时，刘邦已经登基，他曾分封土地给异姓诸侯王，但这只是老刘用来安抚人心的权宜之计而已。

果然，在龙椅逐渐稳固之后，刘邦就开始逐一铲除这些昔日好兄弟，这场血腥的浩劫之中，只有长沙王幸运值拉满，没被波及。

为什么呢？

当然是因为第一代长沙王吴芮死得早……呃，好像也谈不上很幸运，总之他儿子吴臣年龄太小，不足为惧，加上长沙国力弱小，历代长沙王都疯狂表忠心等原因，吴氏长沙国传到汉文帝驾崩那年才被废除，原因是吴家没有可继承王位的子嗣。[1]

汉景帝继位后，重置长沙国，第六子刘发被分到了长沙国，成了第一代刘氏长沙王——说来有趣，刘发这一脉有个后代叫刘秀，他后来拯救刘氏朝廷于水火之中，不仅起兵对抗王莽，还建立了东汉，使得大汉又延续了二百年国运。

当然，以上都是后话了。其余没能幸免于难的异姓王都有谁呢？

韩信、韩王信、彭越、英布、张耳、张傲、第一代燕王臧荼……慢着，是不是说了两遍韩信？

是的，也不是，刘邦身边其实有两位韩信。最响亮的那位"兵仙"韩信自然不必再提，第二位韩信是原韩襄王的庶出孙子，曾与刘邦一同入关定三秦，攻下韩国，刘邦便按照约定封他为韩王。为便于区分，后世称他为"韩王信"。

1《汉书》："昔高祖定天下，功臣异姓而王者八国。张耳、吴芮、彭越、黥布、臧荼、卢绾与两韩信，皆徼一时之权变，以诈力成功，咸得裂土，南面称孤。见疑强大，怀不自安，事穷势迫，卒谋叛逆，终于灭亡。张耳以智全，至子亦失国。唯吴芮之起，不失正道，故能传号五世，以无嗣绝，庆流支庶。"

在刘彻讲给霍去病的家族故事里，最常出现的那位韩王信，他居然降了匈奴。

在汉高祖忙着平定内乱时，北方的冒顿单于已然成为漠北的一代雄主，陆续消灭其他部落。在汉高祖六年秋，冒顿亲自率领十万骑兵，重重包围了韩王信所在的马邑，使得韩王信只好屡次派使者向匈奴求和。

韩王信：（疯狂眨眼示意）救我救我救我！

刘邦：臭小子，在老子眼皮底下跟匈奴眉来眼去，是不是想背叛我大汉？！

韩王信：……

眼看帝王怀疑自己有反叛之心，支援时还特意派人来责备，韩王信越想越害怕：以老刘这笑里藏刀的脾气，这岂不是铲除我这异姓王的借口啊？不行，那我就一不做二不休干脆……真的举白旗吧！

毕竟，皇上怀疑你想谋反的时候，你最好是真的有能力谋反。

韩王信在巨大的恐惧之下，真的坐实了反叛之心，他不仅把自家国都马邑给拱手交了出去，还反过来攻太原，跟冒顿约好一起反攻大汉。

远在京城的刘邦：你等着，老子这就来亲自揍你！

汉高祖七年冬天，刘邦率三十万汉军怒征韩王信，同行者有陈平、刘敬、夏侯婴、樊哙等人，可谓开国全明星阵容。大军很快在铜鞮击败了韩王信的部队，使其狼狈逃离，紧接着又在晋阳大败韩王信与匈奴的联军，势如破竹。

刘邦叉腰哈哈大笑。此时的刘邦还没意识到问题的严重性，他只听说匈奴屯兵于代谷，又听那些派去的侦察兵回报："陛下，匈奴不足为惧！他们营里连强壮的士兵和马匹都没有，只剩老弱病残。"

这位高祖瞬间轻敌，挥挥手，打算下令攻击。

就在此时，他身边突然冒出一个不和谐的声音："陛下不可！"

说话者正是刘敬，本名娄敬，后被赐姓刘。刘敬此前也被派去侦察敌营，不料他还没回来，打仗打上头的刘邦就迫不及待地命令二十万大军出征了。

刘邦："区区匈奴而已！哈哈哈哈看朕出兵乱杀！"

刘敬苦口婆心相劝："陛下，按理说两国交战，更应该展示自己的长处才对，此前我去侦查敌营，却只看见许多老弱病残，这……冒顿狡诈，一定是故意向我们展示短处，以麻痹您的判断啊！这仗万万不能打！"

刘邦："多什么嘴，看我给你杀穿他们！"

此时的刘邦恍惚回到当年入主咸阳的狂喜中，除了张良以外，谁劝他都听不进去，可惜记忆里那位柔弱多病的故人早已功成身退。

在刘邦坐稳龙椅之后，熟谙"鸟尽弓藏"之理的子房便飘然隐退，作为留侯，孤身回到沛县去了，那是他们君臣最初相遇的地方，也是故事最开始的地方。

刘敬不信这个邪，他继续苦苦相劝，最后喜提监狱套餐，被不耐烦的刘邦给命人扣押在广武："你个齐国佬！全凭一张嘴才捞了个官儿当，今天竟敢胡言乱语打扰我出兵！你在广武好好待着，等老子打胜仗回来再收拾你！"

镣铐加身，刘敬双目含泪，只能眼睁睁地目送天子率浩浩荡荡的大军走向远方，而他们的对面，正是"控弦之士三十余万"的冒顿大军。

当刘邦轻率领兵抵达平城时，后方大部队还未赶到，刚入白登山，只见隆冬狂雪中骤然响起轰隆隆的马蹄声，黑压压的匈奴骑兵从四野窜出，齐声杀来！

这一切果然如刘敬所预料，冒顿单于故意伪造出兵弱的假象，有意麻痹汉军，如今又在白登山设下重重埋伏，目的正是围杀汉帝刘邦！

刘邦大惊："突围！别愣着，速速突围！"

两军展开激烈的交战，汉军几番突围，未能成功，被冒顿以四面包抄之势围攻。这位草原霸王对铁骑的训练之高明，对于当时战马紧缺的汉朝来讲，前所未见。

刘邦在风雪中远远眺望，观察四面的匈奴铁骑，竟看见一幅恐怖的画面：北方清一色黑马，南方清一色红马，西方清一色白马，东方清一色青马！[1]

刘邦：震撼老子一整年。那一刻，他想起自己宫里连四匹同色马都凑不齐的车。

匈奴铁骑虽然凶悍，汉军也在拼命死守，双方对峙整整七天七夜，竟没能让冒顿占领白登山。

大雪凛冽，寒风刺骨，直将汉兵的手指头都冻掉了，粮草也快要见底，刘邦麾下的谋士陈平急在心里，再不想个突围的办法，恐怕汉王朝就此亡矣！

---

1 《史记》："高帝先至平城，步兵未尽到，冒顿纵精兵四十万骑围高帝于白登，七日，汉兵中外不得相救饷。匈奴骑，其西方尽白马，东方尽青骢马，北方尽乌骊马，南方尽骍马。"

千钧一发之际，陈平突然发现了突破口：冒顿单于最近新得了一位阏氏，两人时常在白登山下同乘骏马，旁若无人地秀恩爱。陈平灵机一动，劝刘邦派使者偷偷下山，献给阏氏许多金银财宝，望她能吹吹冒顿的枕边风。

阏氏见钱眼开，劝冒顿说："听说汉朝的几十万援军马上就赶到了，今日您就算得了汉地也不能久居下来，如今又围困住他们的汉帝，汉人必定要来拼命，万一到时被他们两面夹击，我们可就危险了！"

冒顿半信半疑："那要如何做？"

阏氏答："你看，汉帝被咱们围困了七天七夜，他们军队居然不乱，可见必定有上苍神灵相助啊，大王何苦违背天命呢？不妨这次放过汉帝，也免得日后有灾祸降临在你我身上。"[1]

靠天吃饭的游牧部落十分信奉鬼神日月与祖先，做任何事之前都要通过巫师来问询苍天，他们认为胜负都是上苍注定的，触怒神灵是相当严重的事，可能遭来瘟疫雨雪，使牲畜死亡。

冒顿再认真一想，汉军确实是个难攻的对手，就算围杀汉帝，恐怕自己这些铁骑也要元气大伤，加上之前与韩王信部下约定会师，对方却迟迟不来，使冒顿心中愈发不安——

一面是据守不出，一面是久攻不下，鹬蚌相争之势，对于双方来讲都是最坏的情况。

再三思索之下，冒顿决定打开包围圈一角，允许汉兵撤出。

时逢大雾浓重，汉军们警惕地拉弓搭箭，将天子护在中间，慢慢地走出匈奴铁骑的包围圈，终于有惊无险地离开了白登山。

就这样，汉高祖被陈平的计策救了一命，汉朝也因此延续了四百年，而这位陈平的其中一个后人叫陈掌，正是霍去病的继父——

1《史记》："高帝乃使使间厚遗阏氏，阏氏乃谓冒顿曰：'两主不相困。今得汉地，而单于终非能居之也。且汉王亦有神，单于察之。'冒顿与韩王信之将王黄、赵利期，而黄、利兵又不来，疑其与汉有谋，亦取阏氏之言，乃解围之一角。于是高帝令士皆持满傅矢外乡，从解角直出，竟与大军合，而冒顿遂引兵而去。汉亦引兵而罢，使刘敬结和亲之约。"

关于陈家祖上这段光宗耀祖的故事，霍去病最为熟悉，因为自己早在小时候便听继父炫耀过无数次，耳朵都要磨出茧子了。

陈掌："对了，我有没有对你们母子俩讲过，想当年我的祖先陈平……"

霍去病面无表情，闭目养神。

陈掌："哎呀，你这孩子！"

回到武帝家族的往事。那位汉高祖狼狈地回到广武，立刻对刘敬道歉，封他为关内侯。

刘邦："哎呀！此前不听您的意见，才在平城被匈奴给围了，我已经把先前那些不靠谱的探子全给斩了！匈奴屡次侵扰边关，您说，下一步我们该怎么办呢？"[1]

刘敬提出了和亲政策，他认为眼下汉朝还打不过匈奴，而冒顿单于"杀父代立，妻群母，以力为威，未可以仁义说也"，不是可以用仁义说服的人，只有暂时服软，才能换来用以休养生息的和平时间。

"倘若陛下能把大公主嫁到匈奴那边，再送财宝，以后公主的孩子便是他们的太子，陛下也就成了他们的祖父啊！"

刘邦："这……好吧。"

经过白登之围的黑历史，刘邦真正意识到双方实力的悬殊，汉朝士兵与匈奴铁骑简直不是一个等级的存在，恐怕至少要等到他撒手人间的几十年后，不知哪辈子孙登基，大汉才能与匈奴展开决战。

但刘邦只有鲁元公主这么一个女儿，吕后听闻此事如同晴天霹雳。

刘敬说冒顿"妻群母"的意思就是"把亡父的姬妾变成自己的妻子"。据记载，匈奴遵从着"父死，妻其后母；兄弟死，皆娶其妻妻之"的传统，将女子视作可以被继承的一种财产。

匈奴所处的严酷环境意味着后代存活率低下，为了保证族群繁衍，他们如此不惜一切代价。

吕后气得日夜大哭，责怪刘邦："我只有这一儿一女，你怎么忍心把女儿丢到

---

1 《史记》："高帝至广武，赦敬，曰：'吾不用公言，以困平城。吾皆已斩前使十辈言可击者矣。乃封敬二千户，为关内侯，号为建信侯。'"

匈奴去！"[1]

见老婆发这么大脾气，刘邦瞬间汗如雨下，他火速滑跪，一边笑嘻嘻地哄吕后，一边命人赶紧找个宫女冒充成公主嫁了过去。

皇帝轻飘飘一句话，那位代鲁元公主出嫁的姑娘便要踏上不归路，远赴风沙，在塞外过完此生，她连名字都没有留下。

可是，边患危机真的彻底解除了吗？

并没有。

杀妻弑父的冒顿单于，怎么可能在乎这些中原礼教呢？

他们所做的一切都是为了活下去，在弱肉强食的匈奴，上好的肉都留给年轻力壮的族人吃，至于老弱病残只配吃一些残羹冷肉。

对族人尚且如此，更别提汉民。

汉朝接下来过着"与匈奴和亲，匈奴背约入盗"的憋屈生活，每隔几年，匈奴便组织士兵侵扰中原，烧杀掳掠，杀死官员，无恶不作。

紧邻北方边境的云中、代郡、雁门更是饱受其害。

这些南下"打谷草"的匈奴兵，来去如蝗虫，掠完资源立刻撤走，不多逗留，以至于中原官兵每次都姗姗来迟，又追不上那些匈奴骑兵，只能眼睁睁看着他们为害四方。

冒顿单于统治的时期，也是匈奴人最不可一世的时期。

在刘邦死后，他挥笔写了封言辞轻佻的信，托使者寄给吕后："孤偾之君，生于沮泽之中，长于平野牛马之域，数至边境，愿游中国。陛下独立，孤偾独居。两主不乐，无以自虞，愿以所有，易其所无。"[2]

既然太后陛下如今独居，而我也与您处境相同，不如你我喜结连理，成一家好了。

这简直是奇耻大辱。

此信一出，不光是吕后大怒，老将樊哙也愤然出声："臣愿得十万众，横行匈

1《史记》："吕后日夜泣，曰：'妾唯太子、一女，奈何弃之匈奴！'上竟不能遣长公主，而取家人子名为长公主，妻单于。使刘敬往结和亲约。"

2 出自《汉书·匈奴传》。

奴中！"

季布冷静地拦下他："眼下大汉依然无法匹敌匈奴，小不忍则乱大谋啊。"

吕后忍怒回信："单于不忘弊邑，赐之以书，弊邑恐惧。退日自图，年老气衰，发齿堕落，行步失度，单于过听，不足以自污。弊邑无罪，宜在见赦。窃有御车二乘，马二驷，以奉常驾。"

单于说笑，我这老妇人都发齿脱落了，连走路都要人扶着，哪能与你在一块儿呢？

不久后，单于回信道歉"未尝闻中国礼义，陛下幸而赦之"。就当是轻描淡写地翻了篇，此事却如同钉子一般深深凿穿了每代汉帝的骨髓，将仇恨融入骨血，却又不得不继续和亲以求和平。

转眼，连汉帝都到了第七代，西汉已有十次和亲。在家国利益之前，在滚滚的岁月烟尘之中，女孩们的孤影走向茫茫黄沙与无垠草原，如同春草般羸弱，也如同蒲苇般坚韧，从此隐入史册，死生不详。

汉宫内，刘彻与霍去病对坐。

这段屈辱史的余音渐渐在大殿内散去，只剩下沉重的气氛在二人之间余荡。

帝王看见眼前的少年正攥紧双拳，眼神偏冷，嗓音极力压抑着对单于的怒意："陛下，臣觉得当年刘敬的计策有个问题。"

见天子点头应允，霍去病将自己的想法讲出："自汉初以来，无论谋略或兵法，我们都太过依赖汉人的传统，从未考虑过敌人的方式，所以才屡战屡败。我们要面对的是一个文化、起源、习俗皆与汉人不同的匈奴部落，倘若不以敌人的方式来思考，恐怕攻守之势难以扭转！"

那可是遵从弱肉强食的匈奴部落啊，他们哪里在乎什么亲家亲戚？巨大的文化差异，导致刘敬这句"岂尝闻外孙敢与大父抗礼者哉"从一开始就注定不成立。

怒火没有冲昏少年的头脑，霍去病冷静地对刘彻说着自己的见解，每句话都铿锵有力。

而皇帝眼中的欣赏愈发浓厚，他悠悠笑问少年："倘若朕要教你孙吴之兵法，让你上阵杀敌，你可同意啊？"

少年不假思索："用兵要因时制宜，随机应变，我胸中自有方略，不必学习古时兵法！" [1]

如此骄傲、轻狂、锋芒毕露的一个少年。

刘彻听罢，拊掌大笑："好！这才是我要培养的将才！"

他回忆起自己对匈奴宣战的那天，也是如此掷地有声："群臣莫拦，大汉这漫长的屈辱史，必将经朕之手彻底结束！后世子民，永不受匈奴侵扰——"

·
·
·

此间少年将军留音回响，请扫描此处查收。

1《史记》："天子尝欲教之孙吴兵法，对曰：'顾方略何如耳，不至学古兵法。'"

文/拂罗

一战封侯

功名只向马上取

汉宫内。

"去病，你可知朕年少时是什么模样？"

少年露出认真的思索之色："臣不知。"

"朕当年……"刘彻思绪万千，抚今追昔，"实在是与你像极了。"

灭胡。

刘彻之所以能制定这雄心勃勃的方略，也是因为前六代汉帝韬光养晦，不断平定内忧、积攒国库、饲养战马、培养骑兵……如今的大汉以故有与匈奴一战的能力。

高祖时期，刘邦陆续铲除异姓王，据说他曾与群臣歃血为盟，立下"非刘氏不得王，非有功不得侯"的祖训："不是我老刘家的人称王，没有功劳者封侯，天下人要联合一起灭了他！"

关于"白马之盟"是真是假，向来众说纷纭，但不论此事是否发生过，都象征着未来大汉将滑向另一个隐患大坑——朝廷目前的能力只能掌握关中一带，难以管辖到边陲去，于是刘邦只好又推行郡国并行制度，封了许多同姓诸侯王。

"诸位都是我老刘家的人，应该没问题吧？"

事实证明有问题，很有问题。

文景之治期间，文帝时发生淮南王与济北王叛乱，景帝时又发生了七国叛乱，这些叛乱者都是同姓诸侯王。文景二帝不断平定叛乱，趁机削弱封国，至此，朝廷直辖郡的数量总算超过了一众诸侯国。

百足之虫死而不僵，等到汉武帝刘彻登基时，他依然要面对祖先遗留下来的诸侯国问题。

刘彻，七岁当皇太子，十六岁登基为帝。

百年后他谥号孝武，故此被后世称为"汉武帝"，威强睿德曰武，正是他此生致力于抗击匈奴的梦想写照。

据小道消息称，刘彻有个小名"刘野猪"，原因是这孩子出生前夕，景帝曾梦见一只赤彘直冲冲地从云头降下，遂给儿子起名"刘彘"，后因儿子酷爱读圣贤书，圣彻过人，故改名刘彻。

彘，指野猪。

这传闻多半是民间编造，但野猪有勇猛之意，而非贬义，由此可见刘彻从小的性格，颇有几分他老祖宗刘邦的叛逆。他刚登基时，朝廷把持在太后手中，少年虽贵为天子，却必须奏事东宫。

刘彻："我觉得大汉应该罢黜百家，独尊儒术，统一意识形态！"

窦太后："不行！大汉还需休养生息，不遵从黄老之学，岂不是动摇根本？"[1]

刘彻："陈皇后总找我磕，真烦人，我不想理她了！"

王太后："才刚登基就把周围的人都得罪个遍，还怎么让百官服从你？"[2]

窦太后是谁？是刘彻的祖母，一代传奇皇后，也是馆陶公主的生母，而王太后是谁？是刘彻的亲妈。两位都是不好惹的大女主，治国没刘彻啥事儿，在亲妈威逼下，叛逆少年不得不对皇后母女客客气气。

当皇帝这么窝囊。

"这也不行那也不行，好不容易派个张骞出使西域，他还失踪了！我这天子给你们俩当好啦！我走了！"

十几岁的刘彻摆大烂，沉迷微服私访，无法自拔。秋高气爽最宜打猎，每到夜漏下十刻，少年天子便与一些擅骑射的良家子弟约好在殿门外碰头，开开心心地相伴去民间玩耍，因"与期会于门下以微行，后遂以命官"，他们便有了期门之称。

主人不醉下楼去，月在南轩更漏长。[3]

多年后，第一次看见年少恣意的霍去病，刘彻猛然回想起自己无忧无虑的少年时光——

天深似海，当他换下厚重的龙袍，借着夜色的掩护，一路偷偷溜出殿门，穿过宫廊，便能看见神采奕奕的少年伙伴们正在殿外等着自己。他们就像长安城的游侠少年那般，呼朋唤友，成群结队。

1《史记》："会窦太后治黄老言，不好儒术，使人微伺得赵绾等奸利事，召案绾、臧，绾、臧自杀，诸所兴为皆废。"

2《资治通鉴》："皇太后谓上曰：'汝新即位，大臣未服，先为明堂，太皇太后已怒。今又忤长主，必重得罪。妇人性易悦耳，宜深慎之！'上乃于长主、皇后复稍加恩礼。"

3 唐浑《韶州驿楼宴罢》。

汉宫是这般渺小！江山是这般浩大！

少年天子觉得，那一刻，他距离自由是这样近，他恨不得扬鞭策马朝着极远的边关飞驰，要亲身经历黄沙百战才过瘾。可惜这些终究只是妄想，他无忧的少年岁月就如同这满长安璀璨的灯火，注定在天亮之前熄灭。

既然如此，那便尽情享受须臾的欢乐吧！

常有百姓目击到一位气度不凡的轻狂少年，他率领许多同伴策马飞驰，上山射猎狐兔，兴起时徒手与野兽搏斗摔跤，有时踩坏农民的庄稼，惹来呼骂："你们是哪儿来的熊孩子？！"

刘彻一拍脑袋，很快有了主意，哈哈大笑："行不更名，坐不改姓，我是平阳侯曹寿！"

莫名背锅的姐夫曹寿：？

刘彻夜出夕还，后来甚至带着五日的粮食出宫，还能赶回长信宫向太后问安，乐此不疲，却没想到因为践踏庄稼的事儿被当地县令告了一状。县令想谒见这位"平阳侯"，险些被刘彻身旁的期门举鞭殴打。

县令勃然大怒，命令官吏扣押这些无法无天的少年，直到期门灰溜溜出示皇室物件，他们才被释放。[1]

群臣汗颜："太后年事已高，陛下如此折腾，日后会不会变成一个大号熊孩子啊……"

还真不会。

刘彻是典型的"只要学习就能逆袭"的学生，建元六年窦太后去世，二十二岁的刘彻得以掌权，他立刻把自己的折腾劲儿专注到正事上：给朝廷来个大换血，栽培自己的人手……最重要的是，刘彻在位时采用主父偃的提议，仅用一个阳谋，便兵不血刃地分解了诸侯国的势力。

1《汉书》："八九月中，与侍中常侍武骑及待诏陇西北地良家子能骑射者期诸殿门，故有'期门'之号自此始。微行以夜漏下十刻乃出，常称平阳侯。旦明，入山下驰射鹿豕狐兔，手格熊罴，驰骛禾稼稻秔之地。民皆号呼骂詈，相聚会，自言鄠杜令。令往，欲谒平阳侯，诸骑欲击鞭之。令大怒。使吏呵止，猎者数骑见留，乃示以乘舆物，久之乃得去。时夜出夕还，后赍五日粮，会朝长信宫，上大欢乐之。"

那便是著名的"推恩令"政策，又名"谁儿子多谁倒霉"。

原来，诸侯国的地盘与王位以前只能由长子继承，在"推恩令"颁布后，其他庶子也有资格在封国内封侯、分地盘了。据记载"于是藩国始分，而子弟毕侯矣"，使天子与诸侯王的矛盾，转化成了诸侯国内部的矛盾。[1]

可见在管理方面，"矛盾转移"永远是个屡试不爽的 bug 技能。

从此，这些诸侯国就像分饼一样越分越小，"大国不过十余城，小侯不过数十里"[2]。再加上前几代汉帝的不断削弱，他们已然完全失去了反抗天子的能力。其中最惨的莫过于中山靖王刘胜，消息传来，简直晴天霹雳。

这位混吃等死、整天抱刘彻大腿的中山靖王一共有多少个儿子？"胜为人乐酒好内，有子百二十余人。"

刘胜手里拿着鸡腿，看着自己的一百二十多个子孙，愣在原地。

我这……这不够分啊？

所幸刘彻也并没有对他斩草除根，四年间，中山国陆陆续续被分出去十九个县，虽然没有真正分成一百二十份，但也剩不下多少地盘。藩王们的后代越来越弱，乃至在百年后成为普通百姓，有的以卖草鞋为生——没错，就是刘备。[3]

"你好，中山靖王后人了解一下？有没有意愿随我匡扶汉室啊？"

同样是建元六年，匈奴大摇大摆地派使者来见刘彻，要求和亲。阶下群臣分成"主战"与"主和"两派，争吵不休，而刚刚掌权的年轻天子面色阴沉地端坐席上，一言不发。

虽然这场争论以主和派占上风结束，和亲还是发生了，但是从那一刻起，刘彻已经动了杀心，这位青年天子突然找到了致力一生的理想，那便是——灭胡！

群臣知闻皇帝想法后立刻乱成一团，有人惊慌上奏劝阻，有人哀叹白登惨剧将重演，而所有嘈杂的议论声，都随着刘彻拍案一句怒音而鸦雀无声：

1《汉书》："用主父偃谋，令诸侯以私恩裂地，分其子弟，而汉为定制封号，辄别属汉郡。汉有厚恩，而诸侯地稍自分析弱小云。"

2 出自《史记》。

3《三国志》："先主姓刘，讳备，字玄德，涿郡涿县人，汉景帝子中山靖王胜之后也。"

"汉为天下宗，操杀生之柄，以制海内之命，危者望安，乱者叩治！"[1]

此时的军臣单于乃是冒顿之孙，自诩草原头狼，对软弱的汉帝们不以为然，但他并不知道，汉族是最擅隐忍的民族，汉民的反击计划，早在低头沉默之间就开始了。

两年后的六月，军臣单于亲率十万铁骑，像往常那样悠悠侵入武州，朝着马邑而去。

他们此番自然是来劫掠的。

天晴日朗，军臣单于心情大好，这次之所以亲自带兵，是因为前几日有个名叫聂壹的中原商人来拜见自己，说他愿与单于里应外合，先斩杀马邑县令，再迎铁骑进城抢劫。双方一拍即合，聂壹不久后果然悬了一颗人头在城门上。

接下来，就该由军臣单于领着大军来收割战利品了。

软弱的汉军和往常一样迟迟未至，匈奴军走得畅通无阻，眼下距离马邑只剩下百里。军臣单于抬起头，看见晴天白云，花草繁盛，郊外还有许多牛羊正低头吃草，天地一派富饶之象，身后骑兵们也神色兴奋，开始想象进城后该掠夺什么。

牛羊？

军臣单于突然勒缰，他拧起眉头，嗅到一丝不对劲的味道。既然有牛羊，为何百里不见牧人？自幼在马背上长大的民族，对于风吹草动有种天生的敏锐，这风，太安静了。

沙沙……

风吹草低，四野肃杀。

"你！"军臣单于不再迟疑，他立刻下令，"先领兵攻下附近那个烽火台！问问这里是怎么回事！"

不费吹灰之力，骑兵们很快攻下小亭，对尉史进行逼供。在狼子们幽幽的注视下，尉史痛哭流涕："其实悬在城门那颗头不是马邑县令的！那是一颗囚犯的头！天子与聂壹定了计划，前方就是我军包围圈了……"

原来，这一切都是主战派官员王恢精心定下的计划：刘彻遣韩安国、公孙贺、李广三位将军率三十万大军埋伏在马邑附近山谷中，对付匈奴十万主力军；再派王

---

1 出自《汉书》。

恢与李息率三万兵藏在代郡，准备从侧翼奇袭匈奴的辎重部队。

至于商人聂壹，他负责孤胆前往匈奴大营，欺骗单于，拉开这场"马邑之围"的序幕。

可想而知，刘彻为此付出了多大的心血，他知道这仗注定改写历史，倘若能把军臣单于和匈奴主力军一网打尽，从此便可一雪前耻！

此时此刻，远在京城的刘彻正负手踱步，内心既激动又焦急。

他不会想到，如此规模浩大的计划竟败在一处小小的风吹草动之上。当那位尉史一五一十将计划透露给军臣单于后，便注定汉朝与匈奴的战争还将延续下去，并且将变得更为惨烈。

"我早有怀疑！"军臣单于听罢，又惊又怒，立刻封尉史为天王，"我得尉史乃天意啊，快，速速撤军！"[1]

身在代郡的王恢目睹铁骑退走，虽一头雾水，但自知三万汉军不能敌十万匈奴，只好眼睁睁目送猎物离开。

马邑山谷附近的汉军主力浑然不觉，等了数日居然不见敌人，李广等人立刻意识到有变，遂率兵追击，未能追上。

本该改变历史的"马邑之围"，居然以这样的方式失败收场，它不仅直接打破了汉朝与匈奴之间的虚假和平，中断了和亲政策，还给了敌人大肆侵略中原的理由。

怒攒大招放了个空，还招致了对面的仇恨。

"废物！无能！"

怒不可遏的刘彻急需一个发泄怒火的倒霉鬼，他立刻以"不战而逃"的罪名把王恢丢进了监狱，判处死刑，就连王太后求情都无法熄灭儿子的怒火。王恢最后被

1《史记》："汉使马邑下人聂翁壹奸兰出物与匈奴交，详为卖马邑城以诱单于。单于信之，而贪马邑财物，乃以十万骑入武州塞。汉伏兵三十余万马邑旁，御史大夫韩安国为护军，护四将军以伏单于。单于既入汉塞，未至马邑百余里，见畜布野而无人牧者，怪之，乃攻亭。是时雁门尉史行徼，见寇，葆此亭，知汉兵谋，单于得，欲杀之，尉史乃告单于汉兵所居。单于大惊曰：'吾固疑之。'乃引兵还。出曰：'吾得尉史，天也，天使若言。'以尉史为'天王'。"

迫自杀以谢罪，无功而返的"马邑之围"就此落下帷幕。[1]

战前的阴云笼罩在土地上，风雨欲来，山河陷入恐怖的死寂之中。

有人恐惧，有人愤怒，有人将要扬鞭驰向青史。

在"马邑之围"落幕时，霍去病还是个锦衣玉食的孩童，对这场战事感到懵懂，只是隐约从大人们沉重的表情中察觉到了事件的严重性。公孙贺的小舅子卫青当时正任侍中，不久后，这个温和坚韧的青年将渐渐走进刘彻的视线。

刘彻不是认输的性子，从他登基后便为抗击匈奴做好了一切准备，不仅推行了募兵制，还大规模培育良马，甚至特意学习匈奴骑兵的战术，每一步棋都走得杀意凛凛。

匈奴沉寂了四年之久，转眼到元光六年秋，果然又挥兵南下，直朝上谷郡攻来！未央宫内再次吵嚷起来，以主父偃为代表的主和派大臣站出，恳请陛下恢复和亲，养精蓄锐。

"好一个养精蓄锐，要养到什么程度才能出击？难道要朕眼睁睁看着大汉亡才罢休吗？！被天下人骂穷兵黩武也罢，我大汉绝不可再活在一次又一次的国耻之中！"

从天子沉沉的怒音之中，群臣终于意识到一个事实：从此以后，汉民匈奴，不是你死，便是我亡！

匈奴骑兵的特点便是速战速决，来去如风，缺乏经验的汉军难以判断他们的方位，刘彻只能分兵从代郡、云中、雁门、上谷四郡出击，四位将军各率一万大军行动：代郡公孙敖、云中公孙贺、雁门李广和上谷卫青。

考虑到公孙敖和卫青都是战场新人，刘彻将期望放在李广与公孙贺身上。尤其是三朝元老李广，他是秦将李信后人，精通骑射，自文帝时期便从戎立功，驻守边防，专业对口。

汉文帝曾感慨："可惜，你生不逢时！如若你生在高祖时代，封个万户侯又有

1《史记》："汉将军王恢部出代击胡辎重，闻单于还，兵多，不敢出。汉以恢本造兵谋而不进，斩恢。"

何难！"[1]

有文帝当年这句乌鸦嘴，从此"封侯"成了倒霉倔老头这辈子的幽怨执念。

总之，历史上武帝与单于的第一次交锋开始了，四位将军最终传来的战报，居然与刘彻的预判截然不同。

"报，轻车将军公孙贺未在草原遇到敌军，无功而返！"

刘彻："怎么连敌人都没遇到？就算没遇到，难道不能深入草原给朕找出来吗！"

"报，骑将军公孙敖遇到了匈奴军，折损兵力七千而还！"

刘彻：……

"报，骁骑将军李广被匈奴兵抓走了！"

"报，李广将军又逃回来了！"

刘彻：？

不知为何，霉运一直常伴老李，李广刚出兵就在雁门遇见匈奴主力军，敌众我寡，将士们几乎全军覆没，奋力作战的李广也被匈奴给活捉了。匈奴人见他半死不活，便将他放进两匹马中间的网里，一并带走。

匈奴兵万万没想到，李广精通装死技能。他看准机会，一跃而起，飞身将旁边的匈奴骑兵踹下马，旋即夺马掉头飞驰。气急败坏的匈奴兵在后方狂追，竟被善骑射的李广连连开弓逼退，只能目送他奔逃数十里，有惊无险地回到汉营。[2]

不愧是飞将军。

但刘彻不想听什么故事，刘彻只想狠狠掀桌，这次出征栽了，大汉臣民以后哪还有勇气再抗击匈奴？！他把折兵损将的李广和公孙敖打入大牢，判处死刑，但二人后来缴纳了赎金，按照西汉"花钱抵罪"的法律，被削官贬为庶人。

"报……"探马小心翼翼。

1《史记》："文帝曰：'惜乎，子不遇时！如令子当高帝时，万户侯岂足道哉！'"

2《汉书》："广以卫尉为将军，出雁门击匈奴。匈奴兵多，破败广军，生得广。单于素闻广贤，令曰：'得李广必生致之。'胡骑得广，广时伤病，置广两马间，络而盛卧广。行十余里，广佯死，睨其旁有一胡儿骑善马，广暂腾而上胡儿马，因推堕儿，取其弓，鞭马南驰数十里，复得其余军，因引而入塞。匈奴捕者骑数百追之，广行取胡儿弓，射杀追骑，以故得脱，"

刘彻疲惫扶额："是卫仲卿的消息？说吧，他是折损还是无功而返？"

"报陛下，车骑将军从上谷出发，直捣龙城，首虏七百匈奴而还——"

这始料未及的好消息，着实将刘彻震了一下："什么？！快，细细说来！"

原来，行军在茫茫草原时，面对行踪飘忽的匈奴，卫青一开始也未能寻到敌踪，但他思索片刻，冷静决定："随我长途奔袭，深入敌腹！"

这是西汉第一次尝试"长途奔袭"的作战方式，卫青策马奔袭，闪电般抵达龙城，趁匈奴兵还没反应过来，他立刻下令："杀！"

龙城是匈奴的祭天圣地，捣毁此地之后，卫青并未被眼前的战功所迷惑，他沉着下令回撤，绝不恋战。最擅长偷家打法的匈奴人，这次终于也被卫青给天降正义，偷了家。

卫将军凯旋的消息传到京师，这是大汉首次大胜匈奴，可谓意义重大。臣民立刻沸腾起来：昔日恐怖的匈奴铁骑神话居然被打破了！匈奴人并非不可战胜！[1]

但使龙城飞将在，不教胡马度阴山！[2]

刘彻还记得自己当年的狂喜，他立刻给卫青封侯，从此不断派其出征匈奴。卫青是个宠辱不惊的人，但每逢横戈跃马，他就变成战场上杀气腾腾的英雄将军：元朔元年出雁门斩首虏数千人，元朔二年率兵收复河套地区，元朔五年几乎生擒右贤王……不等卫青回来，刘彻就急派特使捧着印信入军营，拜卫青为大将军。

不，还不够！

狂喜的刘彻一挥手把卫青的三个儿子都封了侯。

卫青推辞："陛下幸已益封臣青，臣青子在襁褓中，未有勤劳……"

刘彻横眉："不！朕就要封！"

刘彻心想，当霸总就要当一辈子。

就在刘彻召霍去病入宫的同一年，他早已嘉奖过多次打胜仗的卫青。眼前这个

1《汉书》："元光六年，拜为车骑将军，击匈奴，出上谷；公孙贺为轻车将军，出云中；太中大夫公孙敖为骑将军，出代郡；卫尉李广为骁骑将军，出雁门：军各万骑。青至笼城，斩首虏数百。骑将军敖亡七千骑，卫尉广为虏所得，得脱归，皆当斩，赎为庶人。贺亦无功。唯青赐爵关内侯。"

2 王昌龄《出塞二首》。

宝藏似的天才霍去病，刘彻也是越看越喜欢，恨不得当作亲儿子培养。

汉宫内。

马邑之围的故事讲完了，殿外天色也渐渐转黑，直到宫人来劝陛下休息，刘彻才意犹未尽地收了话茬，挥挥手放霍去病回家。

少年起身告退，朝着殿门外迈步之际，他脚步微顿，还是问出了那句话："陛下，再过几天臣将满十八岁，何日才能上战场？"

到底是个少年，表面故作镇定，语气里的期待早出卖了他。

他听见武帝那爽朗的笑声："小子莫急，下次你舅舅再出征，朕就准你去见识战场！一言为定！"

边关冲突频繁，陛下连年出征，下一次，总不会再等上五年了吧。

霍去病走出宫门，整个长安已浸入静谧的夜晚，街市如同一条蛰伏的眠龙。倘若自己不久后将要出征去，恐怕便是连年转战，很难见到这京城的景色了吧？

假如自己此时正驻扎在大漠或草原，周围又该是如何壮美的夜色呢？

回想着武帝答应过的话，霍去病的心情也慢慢好起来，他悠悠吹了声口哨，笑着伸手抚抚爱马的头："我们就要打仗去喽，期待吗？"

马儿打着响鼻回应小主人的话。

也许是难得起了玩心，也许是今日懒得骑马，少年就这么信手牵着马，与它慢慢朝前走，渐渐融入元朔五年某夜的月色之中，他逐渐理解了十六岁的刘彻夜奔出宫的心情。

满长安都说霍小公子少年老成，冷漠不爱笑，但霍去病清楚，自己依然有少年心性，只是不愿被外人发现。

家族很早就开始转运，炊金馔玉的日子里，霍去病淡忘了民间疾苦，但他总能敏锐地察觉，自己的爱好与其他贵族少年不大相同。

列侯大者至三四万户，小国自倍，富厚如之。子孙骄逸，忘其先祖之艰难，多陷法禁，殒命亡国。或亡子孙。[1]

汉初，高祖曾犒赏分封许多功臣，他们的子孙也自然成为富贵子弟，如今却遗

---

1 出自《汉书》。

忘了先祖创业的艰难，活得不可一世。陈平的曾孙陈何因抢占他人妻子而被弃市废侯，萧何的曾孙萧胜因犯罪被免爵……剩下的子弟，大都过着没心没肺的快乐生活。

"走啊，去病！去玩蹴鞠！"

少年们呼朋唤友，在夏秋携随从上山，出猎乘凉，在春冬命人点起炉子，烤火踢球。从小到大，霍去病虽然不排斥玩耍，甚至还是蹴鞠游戏的佼佼者，但他还是更爱听那些战争故事。

每逢舅舅和皇上讨论汉兵与匈奴交战的画面，霍去病便暗暗在心中演练着每一幕细节，分析成败原因，后来他才从皇上口中知道，剖析战局的天才能力并非人人都有。

霍去病并没有感到狂喜，只有真正出征杀敌立战功，自己才能大大方方地接下这声赞誉，否则只是自命不凡的空谈罢了。

自己真的是长辈们口中的天才吗？

便在战场见分晓吧。

通过舅舅对边关战场的描述，霍去病很早就发现：只有比匈奴骑得更快，才能率兵追到马背上的民族。

接下来的日子，霍去病压下跃跃欲试的心情，专注苦练骑射，学习匈奴风俗，不曾懈怠。

不久后，舅舅果然再次统军出征。

此时军臣单于已经去世，匈奴国内发生叛乱，其弟伊稚斜击败太子篡位，自立为单于，继续率铁骑侵扰大汉边关。

元朔六年春，卫青率十万大军出征，麾下有公孙贺、赵信、苏建、李沮四人，以及被汉帝复召的李广与公孙敖，几人带领六路大军，从定襄向北数百里，斩首数千级而还。[1]

这次出战显然不能使刘彻满意："以爱卿的水平，完全可以发挥得更好，再给

1《史记》："明年春，大将军青出定襄，合骑侯敖为中将军，太仆贺为左将军，翕侯赵信为前将军，卫尉苏建为右将军，郎中令李广为后将军，左内史李沮为强弩将军，咸属大将军，斩首数千级而还。月余，悉复出定襄击匈奴，斩首房万余人。"

朕继续打！"

于是，卫青率军回定襄整顿，一个月后出塞再战。

这次行军队伍中多了一位陌生的俊俏少年，据说是特地从京城赶来定襄。前不久他随大将军打过一仗，表现出众，刚回军营就迫不及待地请命独自出征，被大将军毫不留情地驳回。

将士们听见营里传出二人的争执声。据传言，少年乃是大将军的外甥，年前吵着要打匈奴，陛下特意封他为剽姚校尉，还拨给他八百轻勇骑，让孩子见识见识世面。

有人忍不住撇嘴："原来是京城的富贵子弟啊，之前无非是大将军偏心护着，才让这小子侥幸功冠一次，明日可是大战，可别吓得屁滚尿流！"

正哄笑着，营内又传来大将军严厉的命令："决战太过危险，你明早再随我一道行军即可！万不要跑太远……去病，你究竟听没听明白？"

少年平静出声："明白。"

霍去病其实早已察觉将士们在偷听，转身掀帘迈出军营时，他分明听见汉子们"呼啦"一下作鸟兽散的脚步声，更有甚者发出几声放肆的偷笑。听见"大将军的外甥"诸类的称呼，少年微微蹙了下眉头，冷哼一声，径自转身离去。

自己今年已满十八岁，不是孩子了。

春寒料峭，从长安千里迢迢来到大漠，霍去病还记得这一路所见，这里随处可见战乱痕迹：百姓困苦、颠沛流离……与繁华的京城竟是两重天地。

什么是家仇？什么是国恨？少年心底的战意被激发得愈发锐利。

距离梦想分明只差一步之遥了！

霍去病步伐微顿，他转身回到自己的军营，集结手下八百精锐骑兵，让他们速速准备出发。

随着一阵整齐的脚步声，八百精兵很快站成队列，霍去病扫视着那一张张同样年轻、同样跃跃欲试的面庞，他压下内心的震撼激动，学着舅舅的模样，缓缓拔剑，厉声高喝："诸位，明日一早可愿随我出征，建功立业，斩匈奴兵于马下？！"

少年校尉实在过于稚嫩，可他眼中奕奕的自信，仿佛预兆着此行的大获全胜。

听完少年训话，八百精兵为之一振，不自觉地齐刷刷挺直了身板，高喝震天：

"愿随校尉，出生入死——"

大漠风尘日色昏，红旗半卷出辕门。[1]

卫青此战打得可谓一波三折。按照计划，他亲率十万大军向北，由熟悉西域的校尉张骞领路寻敌，而赵信与苏建他们率三千骑兵负责侦察敌情。

转眼，卫青奔袭百里，与伊稚斜单于大军展开交战，汉军奋力作战，最终斩首虏万余人而归。

回营后他才知道，赵信和苏建与敌军主力狭路相逢，整整交战一日，杀得血流成河，眼看三千骑兵死伤惨重，苏建只身逃回，而赵信居然降了匈奴，当了叛徒，还被封为"自次王"！[2]

赵信原本就是匈奴小王，后因战败降于汉朝，更名赵信，如今又叛了回去！

消息一出，将士哗然。

卫青眼下没有时间仔细考虑，因为右将军苏建折兵逃回军营，也理应定罪。关于处罚，众人吵作一团，议郎周霸提议"可斩以明将军之威"，而其他人则觉得"苏建以千人奋力抵挡万人，并无背叛大汉之心，不当斩"。

四周众人争论，乱成一片，卫青终于缓缓出声："我侥幸靠着皇亲当官，并不担心没有威严，周霸方才劝我杀他立威，这有失臣子本意。何况就算有权斩他，凭我受尊宠的地位也不敢擅自在境外下令杀人啊。"

他顿了顿，又道："还是将此事报给天子，让天子来裁决吧，以此表示我这臣子不敢专权，诸位意下如何？"[3]

众人觉得有理，纷纷点头。

后来苏建被投入大牢，出钱赎罪后，被贬为庶民，活了下来。

---

1 王昌龄《从军行》。
2《汉书》："苏建、赵信并军三千余骑，独逢单于兵，与战一日余，汉兵且尽。信故胡人，降为翕侯，见急，匈奴诱之，遂将其余骑可八百奔降单于。苏建尽亡其军，独以身得亡去，自归青。"
3《汉书》："青曰：'青幸得以肺附待罪行间，不患无威，而霸说我以明威，甚失臣意。且使臣职虽当斩将，以臣之尊宠而不敢自擅专诛于境外，其归天子，天子自裁之，于以见为人臣不敢专权，不亦可乎？'官吏皆曰'善'。"

少年今何在

终于真正见识到了魂牵梦萦的黄沙风光。

触目所见无比荒凉，少年胸中却涌起一股想要仰天长啸的豪情，

仿佛自己生来就属于这片风沙。

大漠风尘日色昏

历史是岁月之下的滚滚车轮，史书便是厚土之上的道道车辙。前人不经意的某个决定，即可影响后世的某处辙痕，这位苏建的儿子正是苏武，持汉节牧羊十九年，后来位列麒麟阁。

处理完此事，卫青慢慢呼出一口气，另一件更重要的事却立刻闪现于脑海中。众将士诧异地发现，向来平静稳重的大将军，竟在转身间惊出一身冷汗。

"等等，霍去病呢？谁看见他去哪儿了？！"

在舅舅悚然出声的同时，霍去病正领着自己的士兵们穿越黄沙，只见八百骑兵个个喜上眉梢，后方还俘虏了许多身穿华贵皮袍的匈奴老少。

嘿，别看咱们小校尉年纪不大，话还少，领兵打仗可真神了！

开战清晨，霍去病就将舅舅的叮嘱抛在脑后，径自甩开大军，率部深入大漠，终于真正见识到了魂牵梦萦的黄沙风光。

触目惊心，无比荒凉，少年胸中却涌起一股想要仰天长啸的豪情，仿佛自己生来就属于这片风沙。

他想起贵族玩伴们的调侃："你啊，明明生来就众星捧月，性情却冷得像一块融不化的冰，偏不爱笑！明明长于绮罗，却偏偏向往那苦寒酷暑之地！嘿，真是奇怪……"

这片酷热的死亡之海，自己却十分亲切，霍去病不一会儿就找到了几支零散的匈奴部队，当机立断，率兵突袭："走！我们杀过去！"

飞沙走石，刀剑相撞，少年手中长枪如龙，一连将数位匈奴悍骑挑下骏马，锋利的尖刀狠狠贯入敌军的心脏。八百骑兵被校尉那飒爽的英姿所震撼，猛踢马腹，舍命冲锋，大漠顷刻间杀声撼地。

几乎不费吹灰之力，骑兵们连续击破几支匈奴小队，收割敌人的首级。

众人惊呼："剽姚校尉，真乃神仙下凡！"

从小到大，受舅舅与武帝影响，霍去病早已了解游牧部落的游戏规则，只要按照匈奴的思维来作战，趋利而动，来去如风，千里奔袭，那么杀敌自然是——

哈！易如反掌！

"随我深入大漠！继续杀！"

马蹄扬沙，八百骑兵转眼深入沙漠百里，很快发现前方有一座匈奴后方阵营，看这规模，里面大抵有千人。

"校尉，咱们杀过去吗？"

年轻的剽姚校尉眯起眼，抬手用力抹了下脸侧的血污，他的眼睛在蓝天之下无比明亮，嘴角扬起纯粹而喜悦的弧度，简直像是刚赢了一场蹴鞠的少年郎，

"杀！传我命令，降兵不斩！"

八百对阵两千，当霍去病从渐歇的杀声里回神，他看见匈奴大营已被自己杀得溃败，而周围汉兵们齐声欢呼："赢了！"[1]

直到回营，霍去病才知道，自己此战把单于的叔叔罗姑比、单于的祖父籍若侯产、匈奴的相国官员……这些留守后方的匈奴贵族全都给一网打尽了！

"舅舅，我们回来了！"

在卫青焦急之际，他的小外甥居然风风光光回来了！卫青连忙快步跑去，仔细检查，确定这小子身上没有丝毫重伤，这才松了口气，笑着一拍外甥的后背。

这大汉，有一颗灿若骄阳的少年将星，正从天边冉冉升起。

不久后，"霍去病"这个名字随劲风吹遍军营，一直吹到皇帝的耳朵里，刘彻欣喜若狂，下令封赏："剽姚校尉去病斩首捕虏二千二十八级，得相国、当户，斩单于大父行籍若侯产，捕季父罗姑比，再冠军，以二千五百户封去病为冠军侯！"[2]

十八岁，两次功冠，一战封侯！

"隐忍的屈辱史已经结束了！从此以后，就是我们主动发兵的时代！"未央宫中，刘彻的笑声无比畅快，雄心勃勃的帝王拍案起身，遥遥一指河西走廊的方向，"下一步便是切断匈奴右臂，打通我大汉使者通往诸国的道路——"

巍峨的京城轮廓，在视线里慢慢清晰。

"紧张吗？"身旁响起卫青的笑声，"第一次班师，过会儿记得深呼吸啊。"

深呼吸？

1《史记》："善骑射，再从大将军，受诏与壮士，为剽姚校尉，与轻勇骑八百直弃大军数百里赴利，斩捕首虏过当。"

2 出自《汉书》。

与舅舅并驾穿过城门，霍去病的眼前豁然开朗，原来长安城今日万人空巷，百姓热烈地欢迎英雄们凯旋。人头攒动，欢声震耳，年轻的冠军侯沉稳英武，意气风发，他突然在人群中发现一个满脸崇拜的孩子，那模样，像极了当年仰望舅舅的自己。

"你啊，性情冷得像一块融不化的冰。"

有那么一瞬间，耳边响起昔日玩伴们的声音。

于是，在孩子又怯又激动的注视中，霍去病缓缓摘下头盔，唇边终于扬起一丝微笑——

万人之中的温和一瞥，被悄然遗忘于某页青史的背后，被轻轻收藏在落寞合卷的梦里。

两年后。

当二十岁的霍去病再次拿起头盔，披星戴月，赴向边疆，他身为骠骑将军的赫赫威名已经无人不知，无人不晓。

穿过陇西，淌过狐奴，焉支山脉，就在眼前。

功名只向马上取

文 / 拂罗

河西之战

晓战随金鼓，宵眠抱玉鞍

汉武帝元狩二年春，以冠军侯去病为骠骑将军，将万骑出陇西。

翻越乌鞘岭，直抵古浪峡。

春寒凛冽，边关呼啸的劲风并未给河西大地吹来几分绿意，视野尽头，山峦好似一幅静止的漆黑巨画，泼洒于天地之间。

当霍去病率领一万浩浩荡荡的骠骑，真正涉足山岭时，他立刻意识到，原来这些庞大的黑色山脉竟如此有压迫感。渺小的骑兵们纷纷抬头，山脉间终年不化的皑皑雪痕，给人一种万顷浪花般的错觉。

那些漆黑的巨浪奔涌着、叫嚣着、挪移着……大山要朝着擅闯此地的骑兵们严覆过来，待众人用力揉眼再抬头，他们惊奇地发现，方才这一切都是错觉。

天穹之下，山脉依然肃静，依然纹丝未动。

骑兵们惊得瞠目结舌，互相对视，不觉间有种想放声大笑的冲动。

下一刻，他们便听见骂骂咧咧一嗓暴喝，从头阵传来："后面的兵别磨蹭！速速加快马速！将军有令，我们要在天黑之前穿过古浪峡！"

说话者正是鹰击将军赵破奴，此人在破格升任将军之前，乃是骠骑将军霍去病身侧的司马，可见将军对他的器重与信任。赵破奴是汉人，但他的口音十分有趣，半胡语半汉语，嗓门越大越滑稽，此前经常被其他小兵偷偷笑话。

眼下，赵破奴身后这支部队的兵倒是见怪不怪，毕竟霍将军精挑细选的一万兵将里，胡人面庞的将士随处可见——众所周知，霍小将军从来不按套路出牌，最擅长用匈奴人思维来奇袭匈奴人，麾下甚至还有高不识、仆多这种降汉的匈奴小王，就算这些胡骑不擅讲汉话，霍将军也能与他们流畅沟通。

真是天降神仙一般的少年英雄啊。

远远望向霍小将军那高冷的背影，汉子们内心的钦佩再次油然而生。

此时此刻，霍去病正一言不发地打马在前，抬头仰望着壮丽的大好河山，眉宇间露出思索之色。赵破奴嗓门太大，导致他并未听到后方"少年英雄"之类的窃窃私语声。身为将军，霍去病很少在外人面前流露出符合年纪的幼稚，但还有人执意把他当小辈。

每逢此时，他就会微微蹙起眉，朝那人淡淡一瞥。

"将军，士兵们已经准备好加速了！"赵破奴高声禀告。

"很好。"霍去病沉着点头，双腿娴熟地夹紧马腹，将马鞭重重一抽，身下骏马四蹄翻飞，越来越快，仿佛将要踏过天边的迅捷飞燕，合着那一声清朗的厉喝响彻山脚，"诸位，随我飞渡急流，征服河西！"

身后将士齐喝如雷震："得令——"

河西走廊。

霍去病还不知道，古浪峡后面会有何等绮丽的风光，因为河西自古就被各个异族部落交替占领着，它位于祁连山、龙首山、合黎山等山脉之间，路段狭长如同走廊，最宽处可达数百公里，最窄处仅数公里，又因地处黄河西边而被称为"河西走廊"。

倘若闯过古浪峡，就能抵达河西，倘若穿过河西，便可踏入那片被称为"西域"的神秘世界。不过，作为中原通西域的必经咽喉，河西从不属于历代的帝王们，而是异族部落饮马放牧的风水宝地。

春秋时期，中原大地的厮杀声传不到遥远的河西走廊，这里同时被两个强盛的部落所占据着：乌孙和月氏。两族沿着黑河画了条线，地盘小的乌孙住西边，地盘大的月氏住东边。

蓝天白云，牧草茂盛，两族起初都过着相对和平的生活，只不过他们眼里的世界截然相反，天差地别：乌孙眼里的世界是共同繁荣制，月氏眼里的世界是末位淘汰制。

乌孙：躺平中，勿扰。

月氏：……好烦，得想个办法把这群躺平摸鱼的家伙驱逐出去。

月氏部落开始偷偷内卷，汉初，他们已有"控弦之士十万余"之强盛，于是月氏人渡过黑河水，毫不留情地杀了乌孙王难兜靡，赶得乌孙的残兵败将们朝西迁徙。

就这样，在接下来一段时间里，月氏部落占据了河西大地，月氏王命人用石头砌起高高的城墙、错落的房屋、华美的王宫，名曰"昭武城"[1]——这支部落早在夏商周时代就开始贸易，他们骑着骆驼穿越长长的"月氏道"抵达中原，通过换物的方式，

---

[1]《隋书》："月氏人旧居祁连山北昭武城，因被匈奴所破，西逾葱岭，遂有其国。支庶各分王，皆以昭武为姓，以示不忘本也。"

为族人们千里迢迢带回美丽的丝绸。

月氏紧紧扼住河西这个咽喉地带，西域诸国若想与中原进行贸易，都必须经过他们的地盘。

经验值 +1、经验值 +1⋯⋯金钱 +1、金钱 +1⋯⋯

月氏仰天大笑：坐拥河西真是一件美事儿啊，躺着都能刷经验值！

此时中原处在秦末汉初间：刘邦连夜撤出咸阳，前往霸上，约法三章；项羽一把火烧了秦宫，欲意东归，衣锦还乡。楚河汉界的书页正在刘季的野心里熊熊燃烧，而遥远的昭武城内，送来了一位面目阴沉的年轻质子，他正是如今的匈奴太子，未来的匈奴单于——冒顿。

月氏：等等，他谁？

是的，就是不久后那位"遁逃回国，杀妻弑父"的草原头狼，冒顿单于在掌权之后，很快开始吞并周围大大小小的部落，他复仇的目光，自然也对准了曾经囚禁自己的月氏部落。以致还没享受几年清闲日子的月氏，就这样被匈奴铁骑连连殴打，节节败退，苦不堪言。

匈奴：吃饭睡觉，脚踢汉人，拳打月氏。

天道好轮回，苍天饶过谁。

汉文帝年间，正是老上单于在位的时期，他是冒顿单于的儿子，在位十四年间可谓子承父业，坚持殴打月氏，终于攻陷昭武城，冲进王宫杀了月氏王，甚至将月氏王的头骨制成了酒杯，天天观赏着。[1]

月氏：⋯⋯光天化日遇见疯子了。

乌孙：喜闻乐见。

正如当年仓皇逃离河西的乌孙那样，被冲散的月氏人也离开了自己最熟悉的土地[2]，他们朝着西方一路逃亡，跋涉过无数个漫长的晨昏，消失在匈奴与汉族的视线

---

[1]《史记》："是时天子问匈奴降者，皆言匈奴破月氏王，以其头为饮器，月氏遁逃，而常怨仇匈奴，无与共击之。"

[2]《后汉书》："初，月氏为匈奴所灭，遂迁于大夏，分其国为休密、双靡、贵霜、肸顿、都密，凡五部翖侯。"

中。留在祁连山臣服匈奴的小部分人被称作小月氏，西迁的大部队则被称为大月氏。

于是，河西地盘的主人就变成了汉朝的宿敌，匈奴国。这里气候宜人，秋高气爽，完全不同于苦寒的漠北，一部分匈奴人向西扎根并打野发育，很快便划分成了大小不同的部落：卢胡王、酋涂王、遬濮王……其中最强大的便是浑邪王与休屠王，他们所管辖的地盘，在后来被称作酒泉、张掖、敦煌、武威的一带。

匈奴内部也有等级制度，根据记载，左右贤王乃是仅次于单于的官职，"自左右贤王以下至当户，大者余万骑，小者数千，凡二十四长，立号曰万骑"，河西小王都围绕着右贤王为权力核心，一旦集结作战，便立刻有百应。[1]

就这样，匈奴右贤王的日子可谓过得美滋滋：自己坐拥交通咽喉，向北与单于来往，向西掠夺西域列国……时不时再去东边的汉朝"打打谷草"，生活美得直冒泡。

这可不是躺平刷经验值的程度了，这是明晃晃地打劫啊。

匈奴：时代变了！此树是我栽，此路是我开，你想过就看着办吧！

自信心疯涨的匈奴铁骑如同一支长鞭，狠狠挥师一答，不仅给汉人留下辛辣而深刻的民族伤痕，而且直接切断了中原与西域的联络往来。

各小国：战战兢兢，不敢吱声。

许多年后，当匈奴铁骑的不败传说被卫青率军袭破，当二十岁的霍去病策马行至乌鞘岭时，传说中壮丽而苍凉的河西终于在眼前缓缓铺开。刹那间，他回想起陛下谈论"西域诸国"时眼中迸发出的向往。

倘若找人穿过那片未知的迷雾，打通未解锁的地图，冒着九死一生的风险穿过那片走廊，踏入那个被称为西域的地方，将会见识到何等新奇的异域风光？

早在登基不久后，刘彻便将目光投向了河西，他对着阶下那位臣子，发出青涩而野心勃勃的问询："爱卿觉得，倘若带人穿过河西，找到逃亡的大月氏结盟，我们是否能以两面夹击之势，断匈奴右臂？"

少年帝王眼底燃起炽热的希望，青年臣子则深深行礼："臣，定不辱陛下使命。"

当张骞转身离开都城长安之际，他隐隐意识到这句誓言有多沉重，此去，将要开辟一条前无古人的道路，将要寻找那个隐入传说背后的大月氏王国。倘若自己就

---

1 出自《史记》。

此葬身于路途，恐怕只有苍天之上盘旋的鹰才能听见他垂死之前微弱的呼救了吧。

此去九死一生，张骞有过留恋，但他并不后悔。

建元二年，张骞带领一百多名随从，在匈奴人堂邑父的带领下缓缓朝着河西出发。他并不曾料到，异族铁骑的蹄音会逼近得这样迅速，那些骑兵一眼发现了这支来自汉朝的队伍，很快围住他们，当头高喝："来者何人——"

百余汉人被一网打尽，押到军臣单于面前，这位单于自然不会容张骞通过，笑问："月氏国在我们北边，你们汉人为什么要过去？假如我派人往南方越国去，难道汉帝能让我过去吗？"

张骞抬起头，倔强地与单于对视。

军臣单于意识到，眼前这位青年汉臣是个不容易屈服的性子，倒是很合部落里尊崇强者的风气，他下令将张骞软禁在这里，还将部落里的美女许配给张骞当妻子。

娶妻生子，连家室都有了，你就安心待在这儿吧！

日升暮落，一晃竟过了十年。[1]

风霜化作道道沟壑，刻入张骞曾经年轻的面庞，使他的容貌比同辈人更沧桑。每日被迫居住在这片草原，触目所及，处处与中原不同，所幸天边月还是故乡月，使自己不曾掉长安城的景色，亦不曾忘掉临别时陛下满怀期待的表情。

"臣，定不辱陛下使命——"

来自故土的风每夜吹刮到异乡，如哭似诉，那声誓言，犹在耳畔。

没有人能拒绝这样一颗赤诚的魂灵，哪怕是张骞的妻子，这个出身于匈奴部落的女子，史册没有记载她的名字，她痴痴望着自己的丈夫，终于读懂了他初来乍到时说出的一声声汉语——

我要离开。

再不回头。

1《史记》："张骞，汉中人也，建元中为郎。时匈奴降者言匈奴破月氏王，以其头为饮器，月氏遁而怨匈奴，无与共击之。汉方欲事灭胡，闻此言，欲通使，道必更匈奴中，乃募能使者。骞以郎应募，使月氏，与堂邑氏奴甘父俱出陇西。径匈奴，匈奴得之，传诣单于。单于曰：'月氏在吾北，汉何以得往使？吾欲使越，汉肯听我乎？'留骞十余岁，予妻，有子，然骞持汉节不失。"

她静静地想了很多，终究什么都没有说，只是温柔地抱紧年幼的儿子，轻轻朝他点了头，用匈奴语回答："那么，你就走吧。"

元光六年，张骞已经彻底麻痹了监视自己的匈奴人，趁其松懈，他召集昔日的随从们离开了匈奴部落，终于获得自由。

接下来要去哪儿呢？要回长安城去，还是继续寻找大月氏王国？

风从远方猎猎吹来，捎着故国的气息召唤着离家的游子，电光石火的抉择间，张骞毅然转身走向了截然相反的方向，再度一步步远离他梦魂萦绕的大汉。要继续寻找月氏才行，不达成使命，就绝不回乡！

一步一步，他率领剩余的昔日随从再次朝着西方出发，一程一程，他们穿越所有戈壁峻岭与风霜，时不时有人葬身于险境之中，生者只能跨过同伴的尸体，继续前行。

在张骞被扣留的十年间，西域列国的局势已然不同往日。曾经狼狈迁徙的乌孙人再次崛起，裹挟着复仇的怒火进攻月氏，使得月氏人继续沿着伊犁河漫漫西迁，最终征服大夏，在这片陌生的地盘定居下来。

历代乌孙王的名号为"昆弥"，率骑兵击退大月氏的昆弥叫猎骄靡，正是旧王难兜靡的儿子，亡国覆灭之时，年幼的孩子还在襁褓中，被忠心耿耿的傅父抱着投奔匈奴国。根据传说，这位王子曾被母狼与乌鸦所救，信仰天地神灵的冒顿单于很喜欢这孩子，收养了猎骄靡，并在多年后将乌孙部落交给他。[1]

狂风席卷旷野，枯草低伏，如同婴孩记忆里奔腾的赤红马群，复仇的新王缓缓在染满血腥的故地勒马环顾，他发现自己并不能追回父王的光影，哪怕一丝一毫。

当张骞一行人冒着风险前往伊犁河时，王子复仇的故事也吹入他耳中，既然月氏已不在伊犁河畔，他决定掉转方向，翻山越岭，先来到了盛产汗血宝马的大宛，受到大宛国王的热情接见。原来，大宛人听说汉朝富强，早想与汉帝建立交往了。

1《汉书》："天子数问骞大夏之属。骞既失侯，因曰：'臣居匈奴中，闻乌孙王号昆莫。昆莫父难兜靡本与大月氏俱在祁连、敦煌间，小国也。大月氏攻杀难兜靡，夺其地，人民亡走匈奴。子昆莫新生，傅父布就翎侯抱亡，置草中。为求食，还，见狼乳之；又乌衔肉翔其旁，以为神。遂持归匈奴，单于爱养之。及壮，以其父民众与昆莫，使将兵，数有功……'"

"来了就是客！别客气，朋友，来尝尝我这儿的葡萄酒！你们要往何处去啊？"

风餐露宿的张骞一行人得以稍作停歇，他表示："我们从匈奴的地盘逃出来，想继续寻找大月氏部落，只希望大王能派向导指引我们。倘若我此番真能安然回朝，必定奏明汉帝陛下，赠您数不尽的财宝。"这番话说得大宛国王十分心动，立刻派人将张骞等人送到康居，而康居国又接力传球，将他们送到了大月氏王国。

十多年前与陛下的约定历历在目，富饶的月氏领地慢慢呈现在张骞眼前，异域的臣民们好奇地打量着这位风尘仆仆的使臣，在听张骞说出"夹击匈奴"的计划时，却立刻收获了月氏人的拒绝。

不去，不打，不结盟。

张骞从未想过，十余年的漫长任务，会随着大月氏轻描淡写的拒绝而破碎。如今新的王国乃是安居乐业的肥沃土地，何必要作死回去找匈奴复仇呢？更何况汉朝又距离我们那么遥远，何必跟汉朝亲近呢？

随之破碎的还有青年时代那句旦旦誓言。

张骞等人在这里整整劝说了一年多，终究无法打动坚定躺平的月氏人，无奈之下，他们只好返身迈向茫茫归路——

这一次，终于能回长安了吧。

为了躲避匈奴，他这次换了条路，原想绕路而行，却不料所经过地盘的羌人也成了匈奴的附属。张骞再次听到一声似曾相识的胡语当头响起："何人！"

距离回国的希望只有一步之遥，张骞再次被匈奴单于扣押，他说不清内心是镇定还是麻木，只是有一刹突然觉得，自己这次好像真的回不到家乡了。可妻子的目光是这样坚定而温柔，他不在的日子里，她已经学会了汉文，一遍遍地对他说：

"你想走，我和你一起走。"

张骞内心的绝望被慢慢抚平，他抱紧自己的匈奴妻子，这么多年第一次潸然落泪。

一年多后，匈奴内部叛乱，在伊稚斜单于忙着夺权篡位的时候，张骞与堂邑父趁乱逃出，颠沛返回长安城，终于见到了三十多岁的汉武帝刘彻。[1]

1《史记》："留岁余，单于死，国内乱，骞与胡妻及堂邑父俱亡归汉。拜骞太中大夫，堂邑父为奉使君……初，骞行时百余人，去十三岁，唯二人得还。"

十三年前热闹挥别长安的那一百多道身影，十三年后，只剩两人互相搀扶着归来。

"臣……"在群臣注视下，张骞手持节杖一步步走进未央宫，慢慢行礼，他极力压下心中百般翻涌的悲与喜，声音发颤，却未将"不辱陛下使命"说出口。

下一刻，他听清帝王那万分激动的声音："爱卿持节不失，应封为人中大夫！快给朕讲讲，西域诸国都是什么样的风景？有什么盛产的奇货？以后能否通商？"

张骞抬眼，比起记忆里那位意气风发的少年帝王，现在陛下的面容沉稳了许多，豪迈了许多，也沧桑了许多。

刘彻十分满意张骞此次远行带来的情报。结盟虽然未实现，汉王朝从此却解锁了迷雾般的西域地图，使得汉帝初次了解到诸国的地方风物：大宛、大月氏、大夏、康居……这一切都被张骞严谨地记录在自己的考察之中。[1]

"臣在大夏时，曾见到邛竹杖与蜀布，臣问他们是从哪儿得来的东西，大夏人回答说'是我们的商人从身毒国买来的，身毒国在大夏东南数千里，与大夏一样定土居住，但气候湿暑，他们的百姓骑大象打仗，国土则临近恒河'。"

"以臣之推测，大夏距离汉朝一万二千里，居西南，现在身毒又距离大夏东南数千里，有蜀地特产，说明他们距离蜀地不远。我们出使大夏，倘若经过羌地，那些羌人厌恶我们，倘若往北走又会被匈奴抓获。所以从蜀地前往最宜，不会有敌寇。"

风沙霜雪十三年，城郭山川万二千[2]，正所谓凿空之行。从张骞娓娓的描述中，刘彻这才知道天地是这般浩大！秉烛夜谈之际，岁月倒转，刘彻仿佛变回那个溜出汉宫的少年天子了，他时不时忍不住打断张骞的讲述，将胸中所有的好奇都一股脑问出口，时而紧张等待下文，时而拍案哈哈大笑。

"如此一来，倘若打通河西，便可让西域诸国依附我朝，到时大汉将万国来朝，威德遍于四海！"

正是元朔三年，武帝心中那宏伟的开疆计划渐渐成形，在千年贸易的开端，那

1《史记》："天子既闻大宛及大夏、安息之属皆大国，多奇物，土著，颇与中国同俗，而兵弱，贵汉财物；其北则大月氏、康居之属，兵强，可以赂遗设利朝也。诚得而以义属之，则广地万里，重九译，致殊俗，威德遍于四海。乃令因蜀犍为发间使，四道并出，皆各行一二千里。"

2 陈普《咏史上·张骞》。

不歇的驼铃声将要摇响。那个扫荡河西走廊，打通丝绸之路，横戈从青史跃马而出的少年郎，即将撰写他的篇章。

张骞回朝之际，霍去病年方十五，到元朔六年，功冠全军的孤傲少年在定襄军营见到张骞。那位满面风霜的长辈，衣袍间依然沾着十三年间的风尘仆仆，他的外貌比实际年龄苍老许多，眼里却抖擞着不灭不屈的精神，那是一种能容纳天地万物的神采。

纵然在生命半途历尽艰辛，他仍然向往所有的冒险、困难与挑战吗？

"校尉，人之寿命与天地相比，实在太有限了，穷尽一生追随的理想，对岁月来讲不过流星一瞬，故而大多数人在半途放弃求索，随波逐流。但我以为，胆敢奢望理想，才有实现它的可能，人这辈子太短太短，不求彪炳千秋，只求专注做成一件事，便可称之为不悔！"

十八岁的霍去病望向张骞，他有共鸣的震颤，他们彼此能感知到另一人澎湃的内心世界，天地间只有张骞一人的灵魂跋涉，他却从不感到孤独。

旁人笑说冠军侯天生孤冷，只有霍去病自己清楚，与理想并行的人向来不孤独，亦不需要刻意迎合他人以求被世间理解。

看来儿时许下的梦想，终究要宿命般贯穿自己的一生了。两年后的春天，武帝召人征讨河西走廊时，相同的情绪在这位帝王心中涌起。

"兵贵神速，想要让大汉通往外面更广袤的世界，必须深入敌人腹地，清扫那些盘踞在河西走廊的匈奴！"

当刘彻铿锵有力的声音回荡在未央宫时，距离上次定襄之战已经过了两年，匈奴被打得丧失信心。

正当伊稚斜单于犯愁之际，先前叛汉的赵信为他出了个主意："不如我们大举朝漠北迁徙，如此一来就能养精蓄锐，就算汉军远道来攻打我们，也是马疲人倦，不堪一击，我们必定能得胜！"[1]

单于觉得有道理，于是离开阴山，率领族人撤入大漠深处。

---

1 《史记》："单于既得翕侯，以为自次王，用其姊妻之，与谋汉。信教单于益北绝幕，以诱罢汉兵，徼极而取之，无近塞。单于从其计。"

逃避可耻，但有用。

随着单于率主力军远撤漠北，遥望漠南，只剩下左贤王与河西的休屠王、浑邪王等势力。昔日统领河西的右贤王已遁走，河西部落群龙无首，常年不曾与汉军交战的大小匈奴王们却依然吃吃喝喝："汉军压根就没来过咱们这地盘！连地形地貌都不熟悉，岂不等于蒙眼打架？放心放心，汉帝手下哪有大将能涉过万险，从天降到这儿来？来，喝！"

在匈奴王不以为然的时候，千里之外的未央宫内，刘彻早就开始挑选出征河西的将军。此人不仅要有勇有谋，擅长随机应变，还要敢于长途奔袭、辨认方向……所有特征都指向唯一的人选——霍去病。

群臣大惊，议论纷纷："陛下！霍去病虽出众，但他毕竟只打过一次仗，经验远不及李广将军等人，更何况他此前只是剽姚校尉，并非将军，臣等以为……"

"并非将军？"刘彻一声冷笑，"好！传朕旨意，这就设个骠骑将军的职位，仅次于大将军之下，授予霍去病——"

没有资历，专门新设个职位给他就行，才多大个事儿！

群臣：……

这种事儿恐怕只有他们的陛下才做得出来。

百官在大殿内争论不休，京城内仍然繁华热闹。

"看，那是冠军侯！霍家那位小公子……"

游人川流不息，熙熙攘攘，二十岁的霍去病从军营返回长安，正快马驰向皇宫，引得满京男女老少纷纷注目，只见他气度冷峻，锋芒如电，远不同于其他长安子弟，纵然风尘仆仆，也难掩眉宇间的矜贵之气。

"驾！"

霍去病目不斜视，迅捷打马穿过长街。

家里说，自从首战告捷，自己总是行色匆匆，不曾为任何闲事停留，就连陪伴母亲的时候都很少了。

不久前，卫少儿将一个心底的秘密告诉儿子，是关于他亲生父亲的下落。

"孩子，你想去平阳看看他吗？"

生父的事……霍去病并没有回答，也不知该如何回答。

自从与舅舅聚少离多，武帝刘彻就代替了父辈角色，这位帝王经常指点江山给他看："去病，还不到休息的时候，你看这山河如画，引来多少外敌窥伺？！我们不仅要打得他们闻风丧胆，还要彻底消灭他们！小子，去练你的兵吧！"

在皇上的建议下，封侯后两年，霍去病留在军营，培养部队，排兵布阵，并将大批归汉的匈奴将士收入自己麾下。

其中就包括赵破奴。

因赵信叛逃，汉兵们对胡人的厌恶达到顶峰，赵破奴虽不是胡人，但他自幼流落到塞外长大，受尽苦难后才得以归汉从军。当霍去病第一次看见赵破奴时，这位汉子正因口音问题而受士兵们歧视，在怒不可遏，与人打架。[1]

身边正好缺个熟悉塞外地形的汉人副将。

"要不要随我打仗？"霍去病走过去，逆着光，停在头破血流的赵破奴面前，"你的名字叫赵破奴？很好，跟着我，我保证你以后打的每一场都是破奴的胜仗。"

这句话从年纪轻轻的校尉口中说出，难免让人觉得狂妄，可他的语气如此平静，就好像事情本该如此。

那是一种见识过大世面的、沉着的、极耀眼的风度魅力。

赵破奴愣愣望向这个狂妄的冠军侯，半晌，痛快大笑："好！我信你！"

往后，赵破奴留在这位高冷寡言的上司身边，见证他不知疲惫的练兵日夜，见证他天才般的战略思想。直到"陛下派骠骑将军出征河西"的消息传来，一步登天的霍去病，身处万般争议中，眼神依然内敛。

两年前的经验告诉他，只有展露真正的实力，才能让所有人都闭嘴。

"备马，我要去京城领命。"

未央宫外，这是霍去病第二次与张骞偶然擦肩，从这位老臣的眼睛里，他看到了那一抹深厚而温和的期盼。霍去病继续稳步走向宫廊尽头，在那里，刘彻正心潮澎湃地等候骠骑将军来赴约。

刘彻、张骞、霍去病。

1《史记》："将军赵破奴，故九原人。尝亡入匈奴，已而归汉，为骠骑将军司马。"

121

三辈人的名字将如同传承般交会，闪烁于遥远的风沙尽头，为后世一朝又一朝的黎民百姓凿空通往西域的络绎长路。

元狩二年，春寒料峭，霍去病奉命率一万骑兵从陇西出发，踏过被冰封的黄河，经过乌亭逆水，终于来到乌鞘岭。

此去河西走廊，可以说是汉朝史无前例的孤胆行动，没有后援，没有保障，没有情报，只有一支孤独的部队迈向未知的战场，深入敌腹厮杀，简直是九死一生——之所以只率一万骑兵，是因为刘彻的战略是"奔袭"，兵贵神速，奇袭匈奴，清扫河西。

这可是一场疯狂的豪赌啊！遥想那孩子临行前胸有成竹的神情，满朝老臣捏了把汗。

塞上秋风鼓角，城头落日旌旗。少年鞍马适相宜。[1]

"将军！水流湍急，您多小心！"赵破奴的大嗓门在身边扯起。

自家将军最近更沉默了，赵破奴猜不透上司的想法，他只知道将军顺路去平阳县探望过一趟生父，过程似乎并不愉快。

眼见部队已征服了危险的激流，霍去病驻马朝后一望，被誉为"金关银锁"的古浪峡依然无声伫立。呜咽的寒风穿过苍凉的千仞峭壁，不时引落滚石，轰隆隆如同雷鸣。

此行果然疯狂。

冷风反而激得他头脑清醒，陌生的风景使他倍感期待，与奇景相比，在平阳发生的不愉快根本算不得什么大事。霍去病目光如炬，他很快就将所有阴霾都抛在脑后，重重一踢马腹，率领万骑，浩浩荡荡地闯入这片河西走廊——

天地豁然开朗。

原来，不同于陡峭惊险的乌鞘岭与古浪峡，河西走廊乃是一片平坦的山谷，牧草繁盛，如同大山之间一条生机盎然的大河，难怪这里是游牧民族们自古必争之地。

天边锻出一轮滚烫的圆日，将漫天卷云灼得紫红交融，一万骑兵在天地光影间显得无比渺小，匈奴部落丝毫未察觉敌情。霍去病并未下令停歇，而是继续率兵飞奔，转眼间，第一座数千人的匈奴小部落就出现在他的眼前。

---

1 元好问《江月晃重山·初到嵩山时作》。

"这是哪支部落？"

高不识连忙回答："回禀将军，此部名叫遨濮！之所以防守薄弱，是因为早春正值牲畜繁衍的季节，他们日日忙着放牧接生，早就累坏了！人和马儿养到秋天才能长膘呢，所以匈奴兵常常赶着秋天来犯汉！"

高不识的回答与霍去病的猜测完全相同，考虑到游牧民族的生活特性，春天成了打匈奴最佳的时机，倘若此时袭击他们，可使匈奴秋天没有良马可用。

一抹笑容从将军唇边扬起，他口中命令杀气凛然，嗓音却如此清朗快意："好！那就先拿他们开开刀——"

长期坐拥河西，匈奴部落毫无战前准备，他们眼睁睁看着汉军从天而降，为首那将军更是一骑当千，连连突刺，冷声高喝："投降不杀！"

苍天，这位祖宗是从哪儿冒出来的？！

遨濮部落被吓得魂飞魄散，连忙跨马迎战，却在霍去病的猛攻下被打得落花流水——匈奴人保持着"上马就是兵，下马即为民"的强悍风气，但一旦正面相遇，他们完全不是纪律严明的汉军的对手，瞬间散的散降的降。

首战大获全胜，望着满地物资，将士们个个精神抖擞，却见自家将军未有半分松懈之意。将军平静出声："没空多作休息，整顿行装，继续向西。"

只是掀翻了第一个部落而已，还不够。

霍去病没将眼前这些物资放在眼里，在士兵们惊诧的目光中，他甚至下令让大伙儿丢下辎重，以便继续长途奔袭。

"别愣着！"赵破奴一声暴喝，"这么沉的食物还驮着作甚？扔了！霍将军每天领咱们打胜仗，咱们每天都能取食于敌！咱大汉让这群天煞的匈奴抢了这么多年，现在也能抢他们一回，宰他们的牲畜，烤他们的羔羊，大伙高兴不高兴？！"

士兵们眼前一亮，齐声欢呼："高兴！"

这些话术，其实是临行之前将军教他说的，赵破奴再次暗暗感慨：嘿！霍小将军真是这大汉最天才的天才！

这个赵破奴，眼神也太崇拜了……

鹰击将军那眼冒星星的注视，当然被霍去病余光扫了个清楚。年轻的将军无奈摇头，这算什么厉害的？接下来还有一路的敌人要收割呢，等着瞧吧！

霍去病率领万骑，继续扫荡。与惊慌逃窜的匈奴兵相比，他手下的汉兵们简直是一群杀红了眼的狼。他们如同一支狠狠插进敌人心腹的匕首，几乎日夜不歇，渴了便饮河西的清泉，饿了便宰匈奴的牛羊——

淌过奔流的狐奴河，驰过苍松与鸾鸟等地，每见匈奴小国就率兵奇袭，屡战屡胜，转战不出六日，一连摧毁了五个匈奴部落小国！

这成了匈奴最恐惧的事：天知道这位煞星是如何精准找到各个部落的？！甚至只凭威名就能吓得匈奴小王纷纷来降他！

其实，这件事对于霍去病来讲不费吹灰之力。

顽抗者杀，顺从者赦，奇袭战未必要将敌人杀得一个不留，对于那些投降的胡人，他不会砍下他们的头颅以计战功，更不会碰他们的财物牛羊，甚至放出消息："但凡归汉者，随我上阵立功，必得赏赐！"

立谈中，死生同，一诺千金重[1]。匈奴是信奉强者的部落，吃硬不吃软，只要成为他们心中的强者，便可驯服群狼。霍去病早听舅舅说过，如今果然得到了验证。

更何况"利则进，不利则退，不羞遁走"[2]便是匈奴的作战方式，人人自为趋利，倘若诱敌成功便如鸟之集，眼见己方失败则瓦解云散[3]。他们不以投降为耻辱，只要汉军稍加蛊惑，各部落之间极易分裂——武帝提过的"矛盾转移"确实是个屡试不爽的好办法。

匈奴降兵无一不被眼前这位稳健的霍将军所折服。

"愿当将军的斥候，为将军探路！"

在辽阔的草原大漠，匈奴部落居无定所，时常令汉军扑空，譬如老将李广就不重视胡人向导，经常吃情报战的亏。这位倔强的老将军向来不愿听年轻人的意见，更别提从奴籍平步青云的卫青舅甥的话了。

---

1 贺铸《六州歌头·少年侠气》。

2 《汉书》："其俗，宽则随畜田猎禽兽为生业，急则人习战攻以侵伐，其天性也。其长兵则弓矢，短兵则刀铤。利则进，不利则退，不羞遁走。"

3 《汉书》："人人自为趋利，善为诱兵以包敌。故其逐利，如鸟之集；其困败，瓦解云散矣。"

通过匈奴斥候之口，霍去病很快就摸到了规律：匈奴部落所在的位置，必定满足一些生存必需条件，例如清澈的水源、富饶的草场、避风的山背……尤其在早春时节，匈奴需要忙着放牧接生，那几处可居住的栖息地，其实都有迹可循。

当霍去病冷静地说出这些分析时，在场的匈奴降将听得冷汗直冒：部落这是在与一位怎样可怕的敌人较量！眼前这位不苟言笑的年轻人，简直就是一匹凶狠的头狼！沿途每每看见胡营，他便如鹰狼般扑入撕咬一通，但绝不恋战，擦一擦血，便迅速寻找下处。

不同于其他汉人将军，他不习惯与士兵们推心置腹，也从来不屑去收买人心。将士们猜不透自家将军究竟在想什么，每当霍去病安安静静地抬头望天时，没人敢打扰他。

"嘿！跟着咱将军能打胜仗，能领封赏！这就够了！"

在霍去病的安排下，天亮后，大部队将直抵焉支山，剑指浑邪王本部。

见过沿途最壮阔的云霞，也见过塞外最深邃的群星，偶尔才得到歇息的机会，众人连忙抓紧时间睡觉。火堆劈啪作响，士兵们鼾声如雷，连马儿都累得打盹，霍去病坐在暖融融的火堆旁，仰起头，感觉夜空仿佛触手可及。

见周围无人留意，他慢慢抬起指尖，朝着漫天星河的方向抓去，这是他儿时为了打发时间经常玩的游戏。

星汉璀璨，自打家里交好运以后，这些年倒是不曾再见过星陨了。

"我这辈子一定要做个名震千古的大英雄！"

稚嫩的童声依稀响起，这是当年对舅舅许下的誓言，十几年他从未遗忘过。

到什么程度，才能算是大英雄呢？

霍去病枕着手臂躺下，眨了下眼，感觉自己马上要把星辰牢牢抓在掌中，一抹流光般的澄澈笑意自他眸底滑过，落在心尖，漾开答音：至少要灭胡成功，四海归顺，让这大汉再不必受外敌侵扰……

博望侯张骞曾笑说"人这辈子太短太短"，其实霍去病心中并不认同，他还年轻，正是尽情遥想未来的年纪。

流星白羽腰间插，剑花秋莲光出匣。[1]

对于二十岁的冠军侯来讲，往后人生该有多漫长啊，纵然他竭力想象，也想象不出自己几十年后垂老的模样。

东方熹微，当匈奴士兵仓皇禀告时，浑邪王仅存的睡意被吓得一扫而空："什么？汉军打过来了？！"

天降的汉军把毫无防备的匈奴人吓个半死，浑邪王本人只来得及携一些士兵狼狈溃逃，至于王子、相国、都尉……全都被霍去病给一网打尽，眨眼间就成了俘虏。

浑邪王的地盘处于河西走廊的最西端，这里后来被称为"酒泉"。百姓们每每提起酒泉，便遥遥想起史书里那位少年将军的侧影，想起骠骑将军泼酒的民间传说——

"赢喽！赢喽！"

站在震天的欢呼声里，霍去病的脸上难得露出笑容，他打开一坛出征前御赐的美酒，将它肆意泼向金泉："千里奔袭，军中只带了这一坛美酒，今日分与诸位举瓢痛饮！"

那坛产自京城的酒，被悉数倾入清清的泉水中，将清泉也酿成一首缥缈的乡歌，要潺潺飘向千里之外的长安城，潜入那些盼征人归家的万户思念中。

以水代酒，四下皆大笑畅饮，在这里听不见文臣们雄辩的声音，在这里远离了朝堂的一切权谋纷争，属于武将们的千古浪漫，就在这天地为席的沙场里徐徐谱写——

葡萄美酒夜光杯，欲饮琵琶马上催。醉卧沙场君莫笑，古来征战几人回？[2]

击溃浑邪王，霍去病并未多作停留，他立刻率军向河西走廊东边杀去，势如破竹，一直杀入休屠王城中。休屠王战败遁逃，连最尊贵的祭天金人都弃在城中，成了汉兵战利品——对于信仰天地的匈奴来讲，金人乃是祭天活动的重要礼器，可见休屠王逃离时有多惊慌。

霍去病举剑高喝："一鼓作气！继续奔袭！"

---

1 李白《胡无人》。
2 王翰《凉州词》。

汉军杀气腾腾地朝皋兰山而来，眼看整个河西走廊将要被霍去病杀穿，匈奴主力军终于迟迟反应过来，一拍脑袋，各部落开始集结成军队，最终在皋兰山脚下与霍去病大军正面交锋。

此刻，正是霍去病千里转战的第六日。

不同于前几日的奇袭作战，双方大军这次乃是正面冲锋，竭力作战，不是你死，就是我活。情况对于霍去病来讲也同样危急，经过此前连环作战，他麾下的骑兵折损了整整七成，如今只剩下三千疲兵，稍有不慎，恐怕会全军覆没在皋兰山！

天昏地暗，飞箭如蝗，这是一次真真正正的浴血死战，霍去病率赵破奴等人冲在最前头，身先士卒，冲锋陷阵，连盔甲究竟被划破了几层都无暇顾及。

"杀！杀出去——"

杀声渐歇，眼前血染，当霍去病重重喘着气，握刀环顾四周，他看见周围横七竖八的尸体，俨然以匈奴兵居多：折兰王、卢侯王及其精锐部队皆被斩于马下，怒睁双眼，倒在血泊之中。[1]

赢了……赢了！

出征一万将士，返乡三千英雄，七千忠魂葬身于河西走廊的长风中。临别之前，半边天的残阳红极胜血，霍去病最后回首深深一望，山谷尽头仿佛传来苍凉的送行战歌。

"国家安宁，乐无央兮……"

结束为期六日的河西春战，霍去病再度威名远扬。当他班师回朝后，京城内外已无人敢再以"大将军的外甥"之类的称呼来唤他，而是高呼他的堂堂威名——

骠骑将军，霍去病！

"对付匈奴，就该由神将出征啊！"武帝龙颜大悦，大手一挥，"传朕旨意——"

"骠骑将军率戎士逾乌盭，讨遬濮，涉狐奴，历五王国，辎重人众摄詟者弗取，

---

[1]《史记》："元狩二年春，以冠军侯去病为骠骑将军，将万骑出陇西，有功。天子曰：'骠骑将军率戎士逾乌盭，讨遬濮，涉狐奴，历五王国，辎重人众慴闇者弗取，冀获单于子。转战六日，过焉支山千有余里，合短兵，杀折兰王，斩卢胡王，诛全甲，执浑邪王子及相国、都尉，首虏八千余级，收休屠祭天金人。益封去病二千户。'"

冀获单于子。转战六日，过焉支山千有余里，合短兵，鏖皋兰下，杀折兰王，斩卢侯王，锐悍者诛，全甲获丑，执浑邪王子及相国、都尉，捷首虏八千九百六十级，收休屠祭天金人，师率减什七，益封去病二千二百户！"[1]

那尊金人被下令放置在甘泉宫内，刘彻还不知道，远方的休屠王正因此被单于责怪，这成为他后来与浑邪王一同降汉的导火索。

此时，刘彻正欣慰地拍着霍去病的肩膀，语重心长地教导他："去病，可不能因为打胜仗就松懈啊，整个河西还没攻下来呢！朕打算入夏再发兵，你好好养伤，到时担任主力！"

这孩子和他舅舅卫青一样，平日看着不言不语，上了战场就兴奋。

武帝这一番许诺，听得霍去病全身热血澎湃，他重重抱拳行礼："臣明白！"

在刘彻欣慰的注视下，这位天才少年昂首挺胸，大步消失在他的视线尽头。

天空尽头，苍鹰正舒展羽翼，冲向风云，它在巍峨的未央宫之上翱翔，傲然俯瞰车水马龙的长安城，随后重重一振翅膀，毫不留恋地向着遥远的祁连山而去。

劲风深处传来胡人悲怒的喊声，他们隐隐料到，第二次河西大战即将拉开序幕。果然，汉帝正迫不及待地组织兵马，这一次，李广、张骞、公孙敖这些熟面孔也将出战。

数日后，春光融融。

刘彻在殿内谋划宏图霸业之时，冠军侯府里一片安逸，为了不打扰卧床养伤的侯爷，侍女下人平日里连走路都提起衣摆踮着脚。

倒不是霍去病本人想过安逸的日子，这是舅舅卫青的主意，他生怕小外甥累坏身子，不惜特意从长平赶过来，亲自照顾他。

"别皱眉了，这可是你娘特意叮嘱我的，要你养好伤再去军营。"卫青坐在床边，忖量着姐姐的嘱托，"不过……平日放你出去逛逛倒是可以，不许骑快马，听见没有？"

霍去病躺在床上，只觉得自己全身都要生锈了，语气不爽："那我出门走走。"

"难得有空，我陪你一块儿去。"他随即听见卫青的笑音。

舅舅最近可真唠叨，难道怕自己趁机骑马跑了不成？

自从回家以后，他仿佛又从孤胆将军变回了养尊处优的霍小公子，最近两年身

---

1 出自《汉书》。

披盔甲在营里练兵，反而不适应城里新款的春衫了。待霍去病换好衣裳走出门，与舅舅慢悠悠并驾闲逛时，一长一少，如何"银鞍白马度春风"之姿，引来男女老少不自觉的侧目。

"看！是冠军侯和长平侯！"

霍去病朝着人群淡淡扫去，那些追随的目光之中，有人倾慕，有人佩服……亦有人畏惧，那畏惧瑟缩的目光，恍惚间像极了平阳县那位小吏霍仲孺的眼神。

他不易察觉地蹙了下眉头。

霍仲孺正是他的生父。

据母亲所说，当年她还是公主府内的小婢女，恰逢平阳县小吏霍仲孺来这里办事，二人也算情投意合，卫少儿怀了孕，期望情郎能娶自己。谁料霍仲孺竟是个不负责任的父亲，他离开公主府之后，立刻与卫少儿断了联系，另外娶妻生子。[1]

襁褓中的霍去病成了人人唾弃的私生子，倘若不是卫家时来运转，恐怕这孩子也会在贫贱中熬过一生。

生父。

自从母亲突然将身世告知霍去病之后，陌生的模糊身影便一直在他心头盘旋。此前出征半路，他顺道去了一趟平阳县，当地太守负弩前驱，前来迎骠骑将军，却听将军问："这里可有一个叫霍仲孺的男人？把他请到旅舍来，我要见他。"

太守连忙照办。

霍去病静静等在屋里，想了很多事：父子相认之际，生父会对自己说什么呢？面对从未相见的儿子，他究竟会激动狂喜，还是会冷脸不认？

大抵在三岁以前，年幼的自己整天与其他奴家子打架，最期盼能有个父亲撑腰，可这一天似乎等得太久太久，久到他早就不再奢求这份爱了。如今的霍去病只是很想问问生父，当初为何要丢下他和母亲？

1《史记》："霍光字子孟，骠骑将军去病弟也。父中孺，河东平阳人也，以县吏给事平阳侯家，与侍者卫少儿私通而生去病。中孺吏毕归家，娶妇生光，因绝不相闻。久之，少儿女弟夫得幸于武帝，立为皇后，去病以皇后姊子贵幸。既壮大，乃自知父为霍中孺，未及求问。"

心思越来越乱，直到太守领着那个陌生的中年人走进屋，霍去病心中仅剩的期待瞬间消失得无影无踪。

他只看到一个怯懦颤抖着下跪的布衣小吏，口中疾呼着"将军"。

霍去病相迎拜见，沉默半晌，低低对他出声："去病从前不知自己是大人的儿子……"

中年人见状，更不敢与眼前这位冠军侯相认，连连叩头："将军得托老臣之身降临人世，此乃上苍的眷顾啊！"

霍去病已经心无波澜，他突然意识到，那个盘旋在心头十多年的可悲问题，答案其实显而易见，"始乱终弃"对于这种男人而言，本就是稀松平常的事。

霍仲孺颤抖着匍匐在地，不断回想自己做过的种种：卫少儿渐渐隆起的肚子，送他离开时她那期盼的目光，他拂袖转身后那轻蔑的冷笑……如今她的孩子长大了，成了天子最器重的大人物，会如何处置他这个不负责任的父亲？

羞辱？还是嘲笑？比起被报复，其实这些还算是最好的下场，毕竟卫家轻飘飘一句话，便可让他霍仲孺全家万劫不复……

这些都没有发生。

眉眼冷峻的青年将军，只是很轻地叹了口气，招来下人，随口吩咐："给他置办些奴婢和田宅，供他养老吧。"

以后便再无关系了，就这样吧。

在霍仲孺仓皇落泪的感激声中，霍去病走出旅舍，视线突然定格在一个孤独的白皙少年身上，那是他同父异母的弟弟霍光，今年才十多岁，随父亲过着清贫的生活。

与战战兢兢的霍仲孺不同，这孩子性情内敛而谨慎，看来十分有悟性，是个可塑之才。孩子正望着天空，眼神向往。霍去病想了想，学着卫青当年的样子，过去坐下，用力揉揉霍光的头："想不想随我去长安？"[1]

1《汉书》："会为票骑将军击匈奴，道出河东，河东太守郊迎，负弩矢先驱，至平阳传舍，遣吏迎霍中孺。中孺趋入拜谒，将军迎拜，因跪曰：'去病不早自知为大人遗体也。'中孺扶服叩头，曰：'老臣得托命将军，此天力也。'去病大为中孺买田宅、奴婢而去。还，复过焉，乃将光西至长安，时年十余岁，任光为郎，稍迁诸曹、侍中。"

"去病？"

直到卫青伸手轻拍他的肩膀，霍去病才从一瞬走神中惊醒，他倔强挪开眼，语气故作轻松："我在想，倘若我如今依然是个穷苦奴隶，生父还会跪拜我吗？"

"世人嫌贫爱富，是千年不变的道理，而我们家出身卑微，早先靠着你姨娘才得以飞黄腾达，哪怕百年后落在史书里，想必也不是光彩的一笔。"卫青望向天际，轻轻一笑，"去病，人有尽时，恨无尽头啊，我们何必耗尽有限的一生去恨呢？"

有限的一生……

卫青的眼神云淡风轻，霍去病静静望了舅舅一会儿，也朝着天幕抬头。

爱恨悠悠，唯有碧空，无边无际。

春日匆匆过去，暑气渐渐浓郁。

霍去病并未在侯府休息多少时日，伤刚养好，他便忙着练兵，为接下来第二次河西出征做准备。

不久后，刘彻召诸将听令。

第二次河西之战乃是分兵作战，主要分成两路：由张骞与李广合兵牵制左贤王，使其无暇干扰霍去病；

由霍去病和公孙敖各领一路军出发，霍去病从北地出兵，公孙敖率军出陇西，走祁连山以南，两军在居延泽合兵，再共同沿黑河绕至匈奴后方，奇袭休屠、浑邪二王。

总而言之，就是分别绕个大圈子到达居延泽，再一起迂回河西，揍匈奴个出其不意。

霍去病很快将计划了然于胸：合兵后，公孙敖负责正面吸引敌人注意力，俗称拉仇恨，而自己则从侧翼猛攻，一举杀退二王，征服河西，以绝后患。

在武帝构想里，这计划可谓天衣无缝：首先让射手李广与向导张骞去吸引上路仇恨，然后再安排公孙敖去抗中路伤害，最后祭出最逆天的闪现牌霍去病去收割人头。

呵，朕真是想输都难啊！去吧，我的爱将们！

黄沙百战穿金甲，不破楼兰终不还！[1]

汉帝在遥远的长安城等待消息，四位主将则雄赳赳地率领大军赶至边塞。他们不会想到，夏季河西之战会以三路失败告终，最后只有骠骑将军一支部队奋力杀出，斩获万首凯旋。

其夏，骠骑将军与合骑侯敖俱出北地，异道；

博望侯张骞、郎中令李广俱出右北平，异道，皆击匈奴。

沙翻痕似浪，风急响疑雷。[2]

自灵武骑马飞渡滚滚黄河，再翻越大雪封顶的贺兰山，汉军便踏入了浚稽山沙地。当霍去病勒马眺望远方时，他看见湖蓝色的天一望无垠，烈日当空，灼烫着粼粼波浪般的细沙，他每深吸一口气，便能嗅见沙山上燥涩的味道。

"这鬼地方，真是一阵冷一阵热！之前在山顶被冻得要掉手指，现在又快要在沙漠里烤熟了！啊……阿嚏！"赵破奴骂着骂着，忍不住又打了几个猛烈的喷嚏。

情况不容乐观，本次乃是秘密行军，不得大张旗鼓，因此没有任何后援。率领十个人穿越大漠可能会很容易，率领一千人穿越大漠可能会有人掉队，率领一万孤军爬高山穿沙漠，抵达时还能保证士气高涨，继续作战，可谓奇迹。

霍去病天生方向感很强，再加上麾下有不少熟悉地形的匈奴将领，此前在山上找食物和水源虽然困难，但总算有所保障。如今这沙漠气候则不同，士兵们个个口干舌燥，头晕眼花。

只听沙风之中，传来霍将军沉稳的高喝声——

"坚持住，穿过这沙漠，我们就能在居延泽尽情喝水了！"

众人眼睛一亮："明白！"

霍去病迎着灼灼的烈日，打马走在队伍最前方，连表情都不曾变化一下。只有主帅态度坚定，才能稳定士兵们的军心，这是他从少年起就明白的道理，只不过，连旁边的赵破奴都不知道，霍去病身上的伤正在沙风吹刮下隐隐作痛。

那是在皋兰鏖战时受的伤，春夏两次作战时间间隔太短，不足以让这些伤口愈合。

---

1 王昌龄《从军行》。
2 张蠙《登单于台》。

他并不在乎疼痛，只担心它们是否会耽误合兵作战。

到那时，只希望公孙敖的部队能快些赶到吧。

霍去病如此想着，不知不觉又加快了速度，眼前荒芜的天地好似没有尽头，每当翻越一座绵软的沙山，风就吹起更多细沙，匆匆将骑兵们留下的马蹄印覆盖掉。如此一来，人便会产生孤立无援的错觉，倘若心态稍微不坚定，只怕会当场迷路。

"将军！我们走出大漠了，前方有水！"

赵破奴的惊呼声响起，迎面吹来一缕清爽的风，霍去病的视线内出现一弯新月似的湖泊，水声潺潺，芦苇飘荡——此地正是居延泽。

"在这里稍作休整吧，补充水囊，好好休息。"

将士们齐齐欢呼，争先恐后地朝着湖岸涌去，牵着战马痛饮一番，顿若重获新生，士气再度高涨，纷纷嚷着要生擒匈奴王。

霍去病略感欣慰，照这个气势，等到公孙敖部队赶来，此战注定胜利。

随着等待的时间一点点过去，接下来的事却出乎所有人意料——公孙敖部队没来！

朝阳滑向西方，从日落变成晨曦，他们在居延泽等待许久，竟迟迟不见另一支部队。霍去病蹙起的眉头没舒展过，一天之内，他已连续派了几个探子出去，居然无人看见公孙敖大军的身影。

究竟去哪儿了？！

霍去病紧紧攥起拳，心急如焚，但这种情绪很快被他冷静地压了下去，最坏的推测涌上心头：公孙敖迷路了。

倘若再这么苦等下去，匈奴人就会察觉到汉军动向，使这次迂回计划瞬间泡汤！倘若坚持作战，凭着自己手里的兵力，能否在战斗中获胜？

稍不留神，便是全军覆没的结局。

"将军！"

周围投来无数道坚定的注视，霍去病缓缓环顾四周，这里每个士兵都是他精心选出来的，只要他一声令下，无论上刀山下火海，他们都会义无反顾地追随。

机不可失，绝不能无功而返！

霍去病目光沉沉，集结军队，跃马冷喝："剿灭匈奴的时候到了！随我奔袭千里，浴血奋战，杀匈奴王一个措手不及！"

四下啸声如雷动："得令——"

一旦开弓便没有回头箭，在缺少另一股部队支援的情况下，霍去病毅然率军继续南下，深入敌军腹地，朝着匈奴侧背方突然发起袭击，对方在惊恐下慌忙应战，被士气高涨的汉军杀得节节败退。[1]

"杀——"

当休屠王和浑邪王看清天煞孤星这张熟悉的脸庞，立刻同时打了个冷战，脱口而出："我的天，这小祖宗是从哪天降过来的？！"

眼看大势已去，休屠王和浑邪王当机立断，骑马转身就跑。

逃跑可耻，但有用。

"杀——"

经过春季那一仗，匈奴兵已经把霍去病那恐怖的身影刻在脑海了，如今看他竟再率兵出现，士气不由得哗然溃散，投降的投降，战死的战死。

无须公孙敖赶来合兵，匈奴主力就被霍去病独自率兵消灭，他吸取了上次河西之战的交锋经验，出色地使用迂回战术，杀了匈奴军一个措手不及，这次仅仅折损了三成兵力！

他命人统计军功：斩得匈奴军首级三万二百级；单桓王、酋徐王及其相国与都尉等两千五百人投降；俘虏匈奴五王及王母、妻妾、王子五十九位贵族；俘虏将军、当户、都尉等六十三位官员。[2]

明敕星驰封宝剑，辞君一夜取楼兰。[3]

第二次河西之战，大胜！

1《史记》："而骠骑将军出北地，已遂深入，与合骑侯失道，不相得，骠骑将军逾居延至祁连山，捕首虏甚多。"

2《史记》："天子曰：'骠骑将军逾居延，遂过小月氏，攻祁连山，得酋涂王，以众降者二千五百人，斩首虏三万二百级，获五王，五王母，单于阏氏、王子五十九人，相国、将军、当户、都尉六十三人，师大率减什三，益封去病五千户。'"

3 王昌龄《从军行》。

带着俘虏们，士兵们一路高歌，就连艰苦的地形都显得顺眼许多。霁月清风，山水迢迢，赵破奴扯着难听的大嗓门高唱军歌，终于被旁人呛了一句："鹰击将军别唱了！再唱下去，俘虏撑不到回中原啦！"

士兵们哈哈大笑，队伍里充满了快活的氛围。

看见赵破奴那涨红脸的样子，高冷寡言如霍去病，也忍俊不禁，"扑哧"笑出了声。

与此同时，其他三路军战况如何呢？

不出霍去病所料，公孙敖领队出塞，却因缺少向导而在茫茫大漠中迷了路，此罪当斩，但公孙敖后来使用了"钞能力"，交钱买命，赎罪降为庶人。[1]

历史总是惊人的相似，再将镜头转向老将组合那边，同样是一人迷路一人孤战，只不过那个迷路的人居然是张骞。可见，在荒野中行军时迷路是常态，指哪儿打哪儿才是奇迹。

当时，李广率四千骑兵出发，这位老将急着立功封侯，不出数日就已经深入左贤王地盘数百里。他心潮澎湃地等着与张骞的一万骑兵合军，谁知压根没见到张骞的人影！

人呢？！

倒霉的老李立刻意识到张骞迷路了，但他还没意识到自己还会更倒霉。

大地被马蹄踩踏得震颤，四野传来匈奴人的喊杀声，黑云般的四万匈奴铁骑突然冲出，朝着李广包围过来！

汉兵们骇得面无血色，军心大散，却随着老将那一声虎啸般的暴喝而微微定神："李敢出列！率骑兵出击！"

"是！"

跃上马的小将正是李广之子，他同父亲一样面无惧色，率几十名精兵迎击。匈奴那边见汉军竟敢派人迎战，意料不及，被李敢痛痛快快杀了几十个来回，他反身回去，禀告父亲："胡虏不过如此，容易对付！"

此话一出，军心立刻稳定许多。

1《史记》："合骑侯敖坐行留不与骠骑会，当斩，赎为庶人。"

晓战随金鼓

临别之前，半边天的戎阳红极胜血，霍去病最后回首深深一望，山谷尽头仿佛传来苍凉的送行战歌。

137

在儿子出战时，经验丰富的李广早已命令士兵们布成圆阵，严阵以待："坚持住！博望侯就快来了！"

李广如此得军心，是因为他待士兵与霍去病截然相反，不同于那位孤傲的年轻天才，这位老将做了四十多年官，经常散尽赏赐分给将士们。

每每率兵到绝境处，但凡还有士兵没喝到水，李广绝不靠近水边；但凡还有士兵没吃饱饭，李广绝不尝一口饭菜。[1]

平日里，倔老头唯一的消遣只有与人射箭赌酒，除此之外别无爱好，"射石搏虎"的典故便是出自李广。若说老头的第二个梦想，便是做梦都想着封侯了吧，可惜征战多年，霉运伴身，频频与战功失之交臂，实属憋屈。

转眼，两军已经厮杀了整整两日，汉军死伤过半，军心再度涣散。飞将军李广命人捧来他的大黄弩，连连射向匈奴副将，竟箭无虚发，使得匈奴铁骑感到惊惧。就在李广部队将要全军覆没时，张骞总算率兵赶到，解了围。[2]

本想先歼灭李广部队，不料这老头如此强悍！

左贤王计划失败，长叹一声，收兵而去。

不久后，远在京城的武帝得知战况，怒不可遏地拍案将张骞打入大牢，罪亦当斩，幸好张骞也使用了钞能力，这才得以削为庶民，保全性命。而李广也算功过相抵，没得到犒赏，更别提封侯了。

可见当年文帝那一口毒奶等级之高。

三路部队垂头丧气，只有霍去病凯旋，加封食邑五千四百户，随行出征的赵破奴、仆多、高不识等人均被封侯。[3]

1《史记》："广讷口少言，与人居则画地为军陈，射阔狭以饮。专以射为戏，竟死。广之将兵，乏绝之处，见水，士卒不尽饮，广不近水，士卒不尽食，广不尝食。宽缓不苛，士以此爱乐为用。"

2《汉书》："广以郎中令将四千骑出右北平，博望侯张骞将万骑与广俱，异道。行数百里，匈奴左贤王将四万骑围广，广军士皆恐，广乃使其子敢往驰之。敢从数十骑直贯胡骑，出其左右而还，报广曰：'胡虏易与耳。'军士乃安。为圜陈外乡，胡急击，矢下如雨。汉兵死者过半，汉矢且尽。广乃令持满毋发，而广身自以大黄射其裨将，杀数人，胡虏益解。"

3《史记》："校尉句王高不识，从骠骑将军捕呼于屠王王子以下十一人，捕虏千七百六十八人，以千一百户封不识为宜冠侯。校尉仆多有功，封为辉渠侯。"

山河入秋，班师回朝的霍去病并未歇息多久，武帝那边紧接着传来了一个大好消息："浑邪王要降汉了！"

起因是浑邪王和休屠王不仅屡战屡败，还弄丢金人，单于早已不满。夏季河西之战结束后，两人立刻收到来自单于的消息，请他们回王庭喝茶。

从大 boss 那愤怒的措辞中，两人察觉到不妙，这可不像是回去喝茶开会啊，只怕吾命休矣。

两人对视一眼，感觉脖子凉凉的。

"那个……咱们叛吗？"

"叛吧？"

这种重量级的匈奴王举部落之兵来降，可谓史无前例，刘彻的心情无比畅快："欺辱我大汉六十多年，你们胡虏也有今天！"

痛快之余，他也隐隐担心起来："马邑之围"的计划便是先派人诈降，再一网打尽。倘若匈奴如今也玩这招，汉朝派去受降的将领稍有不慎，极易遭到伏兵袭击，全军覆没。[1]

派谁去呢？

刘彻清清嗓子："朕要找一个有勇有谋、战斗力强、能威慑匈奴的将领，诸位爱卿可有推荐啊？"

群臣："……别炫耀孩子了，您就直接点名霍去病吧。"

事实证明，刘彻的担忧很明智，就在霍去病率大军出发之后，二王产生了争执。眼看投降的日子一天天逼近，休屠王竟然不堪压力，开始反悔。

"当初是你疯狂怂恿我投降的，不关我事！"

浑邪王大怒："当初说好手拉手一起去，临门一脚，你给我变心？！"

一不做二不休，浑邪王怒斩休屠王，吞并他手下的士兵，加起来总共四万多人。浑邪王扯谎说共有十万，希望汉帝赶紧派人渡过黄河来接他——由于是两军合并，

1《史记》："其秋，单于怒浑邪王、休屠王居西方为汉所杀虏数万人，欲召诛之。浑邪王与休屠王恐，谋降汉，汉使骠骑将军往迎之。浑邪王杀休屠王，并将其众降汉，凡四万余人，号十万。"

许多士兵并不听从新头领的话，浑邪王其实自己也控制不住这么多人，他一边拼命压着乱哄哄的内部，一边翘首盼望霍去病出现。

见鬼，自己这辈子第一次这么期盼那位小祖宗出现！

天地萧瑟，黄河滔滔，在浑邪王眼巴巴的注视中，上万汉人骑兵终于如约而至，战旗猎猎，烟尘滚滚，为首那一道孤傲的身影正是霍去病！

"小——祖——宗——"

浑邪王眼巴巴，不代表手下的兵也眼巴巴，尤其看见那位汉朝煞星越来越近，许多匈奴兵立刻被吓破了胆子，连呼惨叫，转身就跑。浑邪王连连怒骂，眼睁睁看大营乱成一片。

"听我命令，归顺者生，逃跑者死！"

电光石火间，浑邪王听见一声杀气腾腾的威严高喝，千钧一发之际，霍去病毫不迟疑地率领精兵驰入大营，如同尖刀狠狠剜入心脏一样果决。

擒贼先擒王！

霍去病先迅速将浑邪王控制起来，再追击逃跑的匈奴兵，一路杀得血流成河，尸横遍野，一举斩了八千多人！这仿佛修罗在世的场面，将剩下的匈奴兵将吓得再不敢反抗。

此番受降，匈奴人多势众，为了确保他们半路不滋生事端，霍去病命人先把浑邪王送去长安城，自己再领着余下四万多匈奴人渡河。[1]

如此一来，群兵无首，这些兵不可能再反叛。

当骠骑将军率领声势赫赫的铁骑，踏着渐凉的秋风回京，他眼前是比任何时候都要盛大的欢迎仪式，汉帝特意征调了两万马车，以列仪仗，竭全国之力以显威严。

除了再度犒赏之外，刘彻还偷偷藏了个大惊喜："去病，朕给你修了座豪华大宅，惊不惊喜，意不意外？快去看看吧！"

本以为能从霍去病脸上看到喜悦之色，而刘彻期盼却落了空，他眼前的青年竟

1《史记》："骠骑既渡河，与浑邪王众相望。浑邪王裨将见汉军而多欲不降者，颇遁去。骠骑乃驰入与浑邪王相见，斩其欲亡者八千人，遂独遣浑邪王乘传先诣行在所，尽将其众渡河，降者数万，号称十万。"

果断拒绝天子的好意，语气坚决，一字一顿——

"匈奴未灭，无以家为！"[1]

字字铿锵，响震青史。

当初的理想还没有实现，左贤王遁逃，而单于仍在漠北蛰伏。

注视着眼前目光炯炯的青年，纵然威武如刘彻，也忍不住微微恍神，这似曾相识的风度，这无人能及的傲然，刘彻恍惚看到另一个渐渐成长起来的自己。

原来，当初那个急切请战的少年早已长大。

距离历史上的漠北之战还剩两年。

经过两次河西大战，大汉迎来了暂时的养精蓄锐期。西北地区基本不再遭受匈奴侵扰，汉朝彻底将河西走廊紧握在掌中，祁连山与焉支山一带，皆划入大汉疆域。

传说，往后数百年的塞外长风里，时常吹来匈奴唱起的哀歌："失我祁连山，使我六畜不蕃息；失我焉支山，令我嫁妇无颜色……"[2]

除此之外，刘彻还将陇西、北地、上郡的戍卒减少半数，以宽天下徭役[3]，并在霍去病曾经率兵征服的地方设酒泉郡，后来又设置阳关与玉门关，以便丝绸之路畅通无阻。

黄河远上白云间，一片孤城万仞山。羌笛何须怨杨柳，春风不度玉门关。[4]

由于只设一郡面积太大，不好管辖，后来汉朝又划出著名的河西四郡：敦煌、酒泉、张掖、武威，每个名字都承载着一段厚重的往事，并深深寄托着先人们的期许。

列四郡，据两关。[5]

1《史记》："天子为治第，令骠骑视之，对曰：'匈奴未灭，无以家为也。'由此上益重爱之。"

2《十道志》："焉支、祁连二山，皆美水草。匈奴失之，乃作此歌。"

3《资治通鉴》："汉既得浑邪王地，陇西、北地、上郡益少胡寇，诏减三郡戍卒之半，以宽天下之繇。"

4 王之涣《凉州词》。

5《新唐书》："戎狄为中国患尚矣，五帝、三王所不臣。汉以百万众困平城，其后武帝赫然发愤，甘心四夷，张骞始通西域，列四郡，据两关，断匈奴右臂，稍稍度河、湟，筑令居，以绝南羌。"

短短六个字，一雪大汉六十多年的血泪屈辱史，亦是冠军侯此生功劳的写照。

过了两年，武帝派张骞二使西域，建交诸国，一去又是漫长的五年，队伍满载异域的奇物顺利归来，仅仅回国一年后，这位秉节持重的老臣便与世长辞。[1]

令人欣慰的是，汉朝与西域的"丝绸之路"从此繁盛，葡萄、石榴、芝麻、胡椒、胡羹……渐渐摆上汉民们的餐桌，河西四郡形成了"殊方异物，四面而至"[2]的景象。

好妇出迎客，颜色正敷愉。伸腰再拜跪，问客平安不？[3]

作为商旅必经的敦煌郡，经过一朝又一朝的俗世烟火熏陶，慢慢成为人们记忆里流光溢彩的五色敦煌。年轻的冠军侯，也曾在这场花雨似的大梦中合眸入眠，他看到未来的丝绸之路，看到它承载着岁月向前，再向前，随壁画悠悠再淌个几百年——

梦醒之前，他终于听见一声声悠远的驼铃之音：

叮铃，叮铃……

⋮

此间少年将军留音回响，请扫描此处查收。

---

1 《汉书》："骞还，拜为大行。岁余，骞卒。后岁余，其所遣副使通大夏之属者皆颇与其人俱来，于是西北国始通于汉矣。"
2 出自《汉书》。
3 出自汉乐府《陇西行》。

晓战随金鼓，宵眠抱玉鞍

文 / 拂罗

封狼居胥

四夷既护，诸夏康兮

元狩四年，春色弥望，万物如新。

喜人的春风，吹不走伊稚斜单于心中的阴霾，他的铁骑连战连败，让这些不知胆怯的狼子第一次感到畏惧。

遥望大汉，那是一种来南方土地的独特气魄，古老而悲壮，威武而不屈，就如同他们的子民所信仰的龙图腾一样，潜龙在渊，一飞冲天。

攻守易行，居然真在连年不歇的挥师中变成了现实，那位汉帝不惜一切代价，也要将外族逐出中原……不，不是逐出！刘彻的终极目标分明是灭胡！他要让汉民千秋万代再不受异族侵扰！

步入中年的刘彻，风华正茂的霍去病，多么可怕的君臣阵容。

日日遥望漠南，伊稚斜单于不禁哀叹："祖上以来年年去汉疆'打谷草'，尽情烧杀掳掠的那个辉煌年代，竟一去不复返了！"

赵信出言宽慰："大王莫叹气，如今我们采用的正是'诱敌深入大漠'的计划，他霍去病再神勇无双，也不可能熬过酷热的大漠，穿过险峻的戈壁……"

你怎么确信那个小煞星过不来？

面对单于怀疑的目光，赵信连忙拍着胸脯解释："就算过得来，他们也是一群疲兵罢了！我们再发起攻击，必置霍去病于死地！"[1]

赵信熟谙汉军的作战方式，所以在叛到匈奴之后得到单于器重，混得风生水起。伊稚斜不仅让赵信做了自己的姐夫，甚至还给他修了一座赵信城。

这番话深得伊稚斜的心，他决定将诱敌计划实施到底："一定要除掉骠骑将军，否则我们部落永世不得安宁！"

头狼阴戾泛光的眼睛，眺望大漠，越过飞沙，望穿汉京。

他在赌，赌那位年轻的将军会死，或死于沙漠严酷的气候之中，或死于匈奴铁骑的践踏之下……有圣山庇护，伊稚斜相信仁慈的上苍不会抛弃他，它一定会像几十年前"白登之围"那样庇护历代单于。

天地悠悠，一碧万顷。

1《史记》："赵信为单于谋曰：'汉兵即度幕，人马罢，匈奴可坐收虏耳。'乃悉远北其辎重，皆以精兵待幕北。"

最近倒是很少看见那只盘旋在长安城的雄鹰了，它会去哪儿呢？

狼子们怨恨的胡语并未传到霍去病的耳中，此时，二十二岁的冠军侯刚受到汉帝召见，要去商量今年的漠北作战计划。

霍去病刚出府邸，就听见急促而不乱的足音追来，是一个气质稳重的白皙少年，出众的眉眼与自己颇相似，正是霍光。两年前，霍去病自河西凯旋，特意又去了一趟霍仲孺府，将弟弟带回长安城培养。

"兄长……"少年欲言又止。

"霍光，你留在府里好好学习。"霍去病翻身跨马，想了想，添了句，"快要打仗了，等我得胜回来，再检查你的功课。"

这一声轻描淡写的叮嘱看似严格，语气里却更多是对弟弟的安慰。十几岁的霍光十分崇拜自己的兄长，正如同霍去病当年最佩服舅舅卫青一样。霍去病还记得，那时候每当舅舅出征去打仗，自己既骄傲又担心。

当初，十几岁的舅舅在屋檐下给外甥讲故事时，他也会故作一本正经吗？霍去病脸上泛起微微的笑意，没想到自己转眼也成为兄长了，真是神奇。

在弟弟不舍的注视下，他表面平静自若，握缰一踢马腹："驾！"

此战，能否穿越苍茫的漠北？

霍去病从未怀疑过。

春风微寒，街市刮起一阵喧嚣的沙尘，给长安城蒙上一层褪色的灰黄。望着此景，他心中难得涌起了即将离别的感触：自从十八岁封冠军侯以来，连年受命，这已经是人生中第六次预备出征了，每次凯旋，都能看见这座城的变化。

"不要紧，大汉正要撑过最困难的时期！只要我们彻底消灭匈奴，到那时，天下自会无忧！"

耳畔再次响起武帝说过的铮铮豪言，霍去病听见一声熟悉的鹰唳，他抬头望去，看见天边风雨欲来。

长安城内，男女老少皆慌张躲雨，街市转眼变得空空荡荡，唯独年轻的将军骑着他的爱马，朝风雨尽头的汉宫而去，恰似十七岁那年某夜的记忆。一切好像回到了原点，在微微颠簸的马背之上，他轻轻地将这首歌哼唱起来：

四夷既护，诸夏康兮。国家安宁，乐无央兮。载戢干戈，弓矢藏兮。麒麟来臻，凤凰翔兮。与天相保，永无疆兮。亲亲百年，各延长兮……[1]

峰峦如聚，波涛如怒，山河表里潼关路。望西都，意踌躇。伤心秦汉经行处，宫阙万间都做了土。兴，百姓苦；亡，百姓苦。[2]

烽火连年，普通百姓过得并不富裕。两年前浑邪王投降时，刘彻为了彰显国威、收买人心，不惜调两万马车列阵相迎，甚至征来许多民间马匹。百姓藏起马不肯借，长安县令凑不齐数额，险被大怒的刘彻下令处斩。

"眼看匈奴王就要降汉，我堂堂大汉居然连马都凑不齐，你该当何罪？！"

这时，两朝元老汲黯站出来，当堂怒怼刘彻："长安令无罪，只要您斩了我，百姓们就肯交出马了！"

"臣以为，匈奴王背叛他们的君王来投降大汉，我们让沿途各县慢慢准备马车即可，何必让天下骚动不安？"汲黯直言，"何必让国中子民如此疲惫地去侍奉那群夷狄？！"[3]

扎心了。

刘彻听罢，沉默不语。这位谏臣性情耿直，天不怕地不怕的刘彻唯独对他认怂。大将军卫青进宫，刘彻吊儿郎当地坐在床侧见卫青；丞相公孙弘求见，刘彻连帽子都懒得戴；直到听见汲黯来奏事，刘彻被吓得一激灵，麻溜地站起来，一摸头顶："啊等等！朕没戴帽子怎么办！"

众目睽睽之下，刘彻往武帐内一钻，派侍从替他说话："喀喀，那个，爱卿何事啊？"[4]

众人：……

1《琴歌》，传说为霍去病所作。
2 张养浩《山坡羊·潼关怀古》。
3《史记》："匈奴浑邪王率众来降，汉发车二万乘。县官无钱，从民贳马。民或匿马，马不具。上怒，欲斩长安令。黯曰：'长安令无罪，独斩黯，民乃肯出马。且匈奴畔其主而降汉，汉徐以县次传之，何至令天下骚动，罢弊中国而以事夷狄之人乎！'上默然。"
4《史记》："大将军青侍中，上踞厕而视之。丞相弘燕见，上或时不冠。至如黯见，上不冠不见也。上尝坐武帐中，黯前奏事，上不冠，望见黯，避帐中，使人可其奏。其见敬礼如此。"

少年凡何在

后来刘彻为了吸引更多匈奴人降服大汉，令"赏赐者数十巨万，封浑邪王万户，为漯阴侯"[1]，国库开销巨大，再被汲黯怼："陛下您这简直是庇其叶而伤其枝，臣以为不可取！"

刘彻不赞同，但他反驳不出更有道理的话。

——汲黯，一位专门针对武帝而生的毒舌大臣。

君臣尴尬对视，沉默是今晚的康桥，最后刘彻打个哈哈："我很久没听汲黯说话，如今他又抽风胡说八道了！"[2]

纵然"竭民财力，奢泰亡度，天下虚耗"[3]，刘彻心里仍有自己的棋局谋划。伊稚斜在漠北赌，刘彻也在长安赌，双方都意识到：这一次，恐怕就是大决战了！

战争最需要什么？

最需要钱。

在位期间，刘彻为了从"不佐国家之急，使黎民重困"[4]的商贾手中拿钱，颁布了一系列治国政策：由官府垄断盐铁，对商人实施算缗税，禁止私人铸币……除此之外还卖官鬻爵。

平民想当官？行啊，只要你交大量的钱给天子就行。

通过卖官，武帝筹来大量军费，但隐患已悄悄埋下，可想而知，在卖官鬻爵盛行的风气下，平民百姓们过着怎样的苦日子，朝廷制度又如何被渐渐摧毁。[5]

天子完全没想过这些后患吗？

自然想过。

弈术讲究落子无悔，帝王家尤甚，贯彻极致的善与恶都不会给人带来痛苦，唯独在其间犹豫的人最痛苦，这是刘彻早就明白的道理，他宁可选择穷兵黩武。如今大汉与匈奴方都是尽全力备战，恐怕数年之内，再没有精力打第二场这样的大决战了。

---

1 出自《史记》。
2 《史记》："上默然，不许，曰：'吾久不闻汲黯之言，今又复妄发矣。'后数月，黯坐小法，会赦免官。于是黯隐于田园。"
3 出自《汉书》。
4 《史记》："富商大贾……冶铸煮盐，财或累万金，而不佐国家之急，黎民重困。"
5 《史记》："入物者补官，出货者除罪，选举凌迟，廉耻相冒。"

两年前，听说天子竟要出兵漠北，群臣当时焦急劝谏："陛下，此乃叛将赵信的诱敌战术啊！汉军部队进入大漠，必定会被伏兵袭击，全军覆没！倘若精兵被匈奴所灭，异族必定南下攻来，到时就是，就是……"

　　没人敢将"国破"这么沉重的词直接说出口。

　　"翕侯赵信为单于出谋划策，以为我汉军不能穿过大漠，如今朕大举发兵，必定能赢！"[1]刘彻一声冷笑，"谁说我们不敢的？！朕的将军就敢！"

　　两年后的未央宫内，汉帝目光扫过诸位爱将，视线定格在霍去病与卫青身上，他严厉下令："为了这次漠北之战，朕举全国之力筹了十万骑兵，十四万战马，几十万步兵，由你们俩分别统帅五万骑兵，只能赢，不能输！"

　　俩人同时抱拳行礼，沉稳的嗓音响彻大殿："明白！"

　　本次要消灭的目标分别是左贤王与单于，单于在西，左贤王在东，刘彻制定了两路计划：由大将军卫青率领公孙敖、李广等人从东路代郡出发，迎战左贤王；由霍去病沿西路定襄出发，寻找单于。

　　绵绵细雨的早春时节，舅甥俩各自领兵，饮酒作别，击掌约定凯旋后再见面。一路是温和持重的卫将军，一路是锋芒毕露的霍将军，两路大军浩浩荡荡地朝着塞外而行。

　　由于刘彻偏爱，霍将军所率的五万兵皆是大汉精锐[2]，队伍后面还带了整整几十辆装着美食的车，都是刘彻特意让宫里最好的御厨做的。

　　"去病啊，这些零食够不够吃？不够吃的话，朕再让人给拿点儿。"

　　霍去病："够了，陛下……"

　　"哎，你看这孩子都饿得说胡话了，来来来！再拿点儿！"

　　霍去病：……

　　不久后，两位将军各自抵达边塞，刘彻却得到情报，霍去病军在定襄抓获一名

1《汉书》："上与诸将议曰：'翕侯赵信为单于画计，常以为汉兵不能度幕轻留，今大发卒，其势必得所欲。'"
2《史记》："是岁元狩四年也。春，上令大将军青、票骑将军去病各五万骑，步兵转者踵军数十万，而敢力战深入之士皆属去病。"

匈奴兵，得到口供说单于主力军已经挪到东边去了！

他立刻召人回旨："你们俩调换一下！卫青去西路，霍去病去东路！"[1]

用战斗力最高的牌打最大的 boss，这很合理，朕真机智。

于是出击定襄的人变成了大将军卫青，城郭之外，四方都是一望无际的沙漠与戈壁，倘若要深入敌腹，就必须攀越一座又一座的绵软沙山，再穿过一程又一程险峻的戈壁。

大漠孤烟直，长河落日圆。[2]

铁甲寒芒烁烁的骑兵们涉入这片大漠，卫青无意间勒马，再抬眼望向这片熟悉的景色时，他恍惚想起四年前——十八岁的霍去病第一次随军打仗，虽然极力压抑着自己的兴奋，但眼中仍流露出掩饰不住的喜色。

"舅舅，我要独自出征！"

卫青不禁暗笑。

那一声清朗稚气的嗓音仍在耳边回响，转眼间，那孩子在军中的威望已经快要超过自己了，时间过得何其快啊。不过，上次见他满身都是暗伤，这次班师，可要劝去病好好休息……卫青的思路突然被一阵急促的脚步声打断，他回过神，看见探马神情焦急："报大将军！方才得到确凿情报，单于根本没朝着东边去——"

将领们一片哗然，伊稚斜还在我们西边？！

看来是之前得到的情报有误，在公孙敖等人惊诧的嚷声中，卫青神色沉稳，很快调整了作战策略："诸将听令，我们兵分两路！前将军李广和右将军赵食其合军，从右翼迂回包抄！我带着左将军公孙贺他们从正面出发，直击单于本部！"

见主帅临危不乱，众人齐齐应答，唯独老将李广不同意："大将军！老夫想从正面进攻！"

原来，迂回需要长途行军，能获得的战功也远远少于正面交锋，只怕难以封侯——

1《史记》："去病始为出定襄，当单于。捕虏，虏言单于东，乃更令去病出代郡，令青出定襄。郎中令李广为前将军，太仆公孙贺为左将军，主爵赵食其为右将军，平阳侯襄为后将军，皆属大将军。"

2 王维《使至塞上》。

此前刘彻念他年老，根本没打算让老头出战，但耐不住老将军一封又一封请战书，只好同意了。[1]

"臣部为前将军，今大将军乃徙令臣出东道，且臣结发而与匈奴战，今乃一得当单于，臣愿居前，先死单于！"

卫青不为所动，一字一顿："军令如山，不得违背。"

早在部队出征前，卫青就被刘彻拉到一旁，暗暗叮嘱："李将军年老，又倒霉，你可切莫让他做先锋啊！朕此番满足他出战的心愿，让他从侧翼打仗就好。"[2]

毕竟老李倒霉可是家喻户晓的，甚至霉运有时还会传染队友。

接下来数日间，面对李广发出的接连请求，卫青命令长史立刻写文书："告诉李将军，让他按军令办事！"

李广甚至没有向主帅卫青道别，他怒气冲冲回到自己的部队里，与赵食其合军，马不停蹄地率部队朝着侧翼路线出发了。飞沙昏暗，路途遥远，当年迈的李广再一次抬起昏花的眼，他觉得自己好像怎么都走不出这晃眼的烈日了。

他终于意识到自己迷路了。

直到与单于主力军狭路相逢，卫青也没能见到李广部队的身影。

劲风呼啸，黄沙漫天，匈奴与汉军在大漠里遥遥对望，霎时杀声四起，飞箭如雨，双方都恨不得将对方生吞活剥。卫青命令步兵驾驶武刚车环绕在阵列四方，形成森严的营垒屏障，弓兵则以战车为掩体，拉弓射向敌阵。

"武刚车"是一种裹有犀牛甲的战车，既能运粮也能作战，车身有许多射击孔，所以弓手们能以此为掩体射箭。

作为从底层跃出的外戚将领，卫家舅甥俩作战，向来不受传统兵法的思维束缚，

1《史记》："大将军、骠骑将军大出击匈奴，广数自请行。天子以为老，弗许；良久乃许之，以为前将军。"

2《史记》："大将军青亦阴受上诫，以为李广老，数奇，毋令当单于，恐不得所欲。而是时公孙敖新失侯，为中将军从大将军，大将军亦欲使敖与俱当单于，故徙前将军广。广时知之，固自辞于大将军。大将军不听，令长史封书与广之莫府，曰：'急诣部，如书。'广不谢大将军而起行，意甚愠怒而就部，引兵与右将军食其合军出东道。军亡导，或失道，后大将军。大将军与单于接战，单于遁走，弗能得而还。南绝幕，遇前将军、右将军。"

尤其是在军事改革方面。此前汉朝对匈奴屡战屡败，正是因为汉人骑兵的远程骑射技术不及匈奴，甚至有"几十个汉骑围剿三名匈奴骑兵，被反杀团灭"[1] 的黑历史，所以之前骑兵往往被作为侦察、奇袭等辅助用途。

直到卫青带兵上阵，才改变了这种"追也追不上，打也打不过"的窝囊局面，他采用防御力超高的武刚车，对战时先让弓兵在战车上射箭，完美抵挡匈奴的连环攻势，再派骑兵们冲击。

论军中纪律与装备专业，匈奴全然不是汉军的对手，往往被卫青军阵杀得落荒而逃。

堪称天才一般的创新打法。

镜头回到大漠战场，面对无法击破的武刚车和箭雨，匈奴骑兵果然被打得苦不堪言，卫青趁机下令："公孙敖出列！率五千骑兵出击匈奴！"

公孙敖率军攻去，单于连忙派一万铁骑迎击，两方骑兵浴血奋战，杀得天昏地暗，直将时间抛在脑后。残阳时分，战场内突然刮起狂风，滚滚飞沙将众人视线遮蔽，卫青当机立断，立刻放声："时机到了！左右两翼大军立刻向前，包抄单于！"

战场局势瞬息万变，眼明手快者方能赢！

"杀——"

汉人的呐喊震得匈奴军心紊乱，惊恐望去，见汉军恍若黄沙里一群举刀索命的修罗！伊稚斜单于大惊失色，语无伦次，枕臂高呼："快来人！护我撤退！撤退！"

混战之中，灰头土脸的单于跳上六匹骡子拉的车，在数百名骑兵掩护下仓皇朝着西北逃离。夜色落幕，汉军左校尉抓到一名匈奴俘虏，得知单于居然已经逃跑了！

果然是不以逃跑为耻的部落啊。

"你们的大单于已经逃了！"卫青举刀高呼，声如长虹，贯穿战场，吓得余下的匈奴兵四散溃逃，被汉军追着斩杀无数。随后，卫青急急勒马掉头，拽得身下战马仰天长嘶，朝着伊稚斜逃亡的方向疾驰："追击单于——"

1《史记》："匈奴大入上郡，天子使中贵人从广勒习兵击匈奴。中贵人将骑数十纵，见匈奴三人，与战。三人还射，伤中贵人，杀其骑且尽。"

月黑雁飞高，单于夜遁逃。欲将轻骑逐，大雪满弓刀！[1]

铺天的风雪迎面吹刮，冷得刺骨，汉军顶着寒流追击二百多里，一直抵达寘颜山下空荡荡的赵信城。那位春风得意的叛将赵信，得到风声后早就连滚带爬地逃了，连城里粮草都未运走。

入城后，卫青下令驻军休息一夜，直接取食于赵信城，与诸将饱餐痛饮。天亮离开之际，正是北风朔朔的恶劣天气，士兵们冻得直呵手，卫青朝着这座城微微眯眼，清朗笑问："诸位，想不想用它取个暖？"

这一句杀气腾腾的话，激得士兵们热血沸腾，齐齐高呼："想！"

在狂乱的鹅毛大雪中，赵信城中所有的物资被汉兵们堆柴点燃，烈焰火光顷刻冲天，如同长安城岁旦大节时点亮的满城华灯，赵信叛汉后得到的荣光皆被付之一炬。[2]

此战凯旋，卫青部队虽未击杀单于，但总共斩俘一万九千多人。

回营后，他终于看到两个熟悉的身影，正是迷路迟到的李广与赵食其，赵食其面色羞愧，而李广沉着脸，转身消失在众人的视线里。

卫青揉揉额头，招来长史："给老将军送些酒肉吧，问问他究竟是怎么迷路的？此事要汇报给陛下。"

结果面对长史的询问，老头一声不吭。

听到回禀，卫青皱了皱眉，他急令长史再去一趟，这次等了许久，才等到李广亲自过来对簿。

面对主帅质问，老将军须发在火光里愈发花白，在卫青错愕的注视下，李广"唰"地拔出腰间佩刀，含泪高呼——

---

1 卢纶《塞下曲》。

2《史记》："而适直青军出塞千余里，见单于兵陈而待，于是青令武刚车自环为营，而纵五千骑往当匈奴，匈奴亦纵万骑。会日且人，而大风起，沙砾击面，两军不相见，汉益纵左右翼绕单于。单于视汉兵多，而士马尚强，战而匈奴不利，薄莫，单于遂乘六骡，壮骑可数百，直冒汉围西北驰去。昏，汉匈奴相纷挐，杀伤大当。汉军左校捕虏，言单于未昏而去，汉军因发轻骑夜追之，青因其后。匈奴兵亦散走。会明，行二百余里，不得单于，颇捕斩首虏万余级，遂至寘颜山赵信城，得匈奴积粟食军。军留一日而还，悉烧其城余粟以归。"

"广结发与匈奴大小七十余战，今幸从大将军出接单于兵，而大将军又徙广部行回远，而又迷失道，岂非天哉！且广年六十余矣，终不能复对刀笔之吏！"[1]老夫就算是死，也不愿再忍受刀笔小吏的羞辱！

四周大惊，阻拦不及，眼睁睁看着李广引刀自刭，老头紧闭双目，蹙起的眉头仿佛仍控诉着平生不得志。通过李广侍从，卫青终于了解到李广离府前的最后一句话是："诸位校尉无罪，是老夫自己迷路，老夫去大将军府受审。"

迈出大门，夕阳红彤彤，仿佛预兆着飞将军的黯然退场。

冯唐易老，李广难封。[2]

卫青半晌沉默，摇头长叹。

李广自刭的消息并未传到霍去病这边，就在同一时刻，李广的儿子李敢正跟随骠骑将军出征东路。他们从代郡出发，将要穿越无边无际的大漠，抵达戈壁，才能歇脚。

边城何萧条，白日黄云昏。[3]

看着士兵们垂头丧气的样子，霍去病下决心，一定要率军赶快走出大漠才行。

冬天的沙漠昼夜温差极大，有时长夜下起冷雪，天亮又快速消融，形成了两重世界般的奇景，使人心绪恍惚，时间久了极易损耗士气。为了使部队快速奔袭，早在出发前，霍去病便果断下令扔掉辎重，就连运粮的后勤步兵也一并丢在城里，仅带几日粮草就出发了。

"将军，陛下赐的几十车食物，您看……"

"要你扔你就扔，废话这么多！"赵破奴大嗓门响起，"到时将军带咱们掀翻那群匈奴的营地，粮食有的是！"

1《史记》："大将军使长史持糒醪遗广，因问广、食其失道状，青欲上书报天子军曲折。广未对，大将军使长史急责广之幕府对簿。广曰：'诸校尉无罪，乃我自失道。吾今自上簿。'至莫府，广谓其麾下曰：'广结发与匈奴大小七十余战，今幸从大将军出接单于兵，而大将军又徙广部行回远，而又迷失道，岂非天哉！且广年六十余矣，终不能复对刀笔之吏。'遂引刀自刭。"
2 王勃《秋日登洪府滕王阁饯别序》。
3 高适《蓟中作》。

"啊，是！"

看着士兵们快速整顿行装，丢下一车又一车的米与肉，霍去病心无波澜，自己每次出征，武帝都强行给塞这么多口粮……打胜仗回来的时候，这些食物又要腐烂了吧。

匈奴骑兵最擅骑射，一旦与汉军拉远距离作战，便能立刻占据优势，与那些马背上的民族交锋，一定要以奇、快二字为主。如雷霆般千里奔袭，穿越大漠，逐个击破，打匈奴个措手不及，使对方来不及撤退才能获胜，至于辎重和后勤完全是碍事的东西。

见霍去病陷入思索，周围士兵连忙噤声。

在士兵们心中，孤傲的将军眼里只有打胜仗，闲杂诸事可以忽略不计，甚至包括他自己未愈的伤，他都能面无表情地随便包扎一下，然后继续跨马疾驰。

他成熟得不像个二十二岁的青年。

"出发。"

"将军，是戈壁！"赵破奴伸手指向前方。

晴空万里，平坦坚实的黄褐沙地之上，竖起一块块巨大的裸岩。霍去病抬头望去，戈壁之间只有枯草随风滚动，偶尔有几只伶俐的盘羊跳跃，沙狐在石洞间一闪而过，不见了。

呼啸的狂风从戈壁深处穿行，幽幽咽咽似胡女哀哭，令士兵们感到毛骨悚然。霍去病敏锐地留意到，这附近的沙地上有几行陌生的马蹄印。

"走，抓几个人，去找水源。"

骠骑将军毫无惧色，打马朝着戈壁深处驰去，身后大军连忙跟上。在这片布满死亡气息的大漠中，唯有熟悉地形的本地人才能找到泉水与草地，霍去病很快就抓到了零散的匈奴牧民，许诺不会杀他们，找到水源甚至有赏。

牧民们感激涕零，心甘情愿地指路。

倘若遇不到匈奴牧民或士兵，也无须担心，霍去病麾下不乏胡人：复陆支、伊即轩、赵安稽、高不识……他们经常在前侦察，为大军寻找水源。

骑兵们日夜兼程，在气候严酷的沙漠中急速行军千里，渴了痛饮清泉水，饿了便找牧场取食，每当看见零散的匈奴士兵，霍去病手下的汉子们便目光幽幽，心照不宣地彼此对视，咧嘴"嘿嘿"一笑，比恶狼还凶险。

"既然遇见我们霍将军，规矩你懂的，带路吧。"

匈奴兵："等等，咱俩谁是胡匪？"

穿过戈壁，便至漠北，这一路竟没发现单于，霍去病稍加思索，立刻意识到此前情报有误。赵破奴等人不禁高呼失望，却见自家将军面不改色，缓缓下令："既然如此，那便让左贤王部队加倍领教一下我军实力吧。"

按照匈奴习俗，左贤王往往是单于的继承者，倘若能斩灭左贤王，就相当于灭了王储。[1]

听见这话，不少将领立刻欢呼。

霍去病扫一眼四下，发现许多将士脸上仍有疲惫之色，长途跋涉大大损耗了大家的士气，倘若继续行军，只怕无法发挥全力。

晴空之下，千里雪原，这漠北边境地势平坦，最适合来一场紧张刺激的户外游戏。

在士兵们垂头丧气的注视下，骠骑将军突然勒马，挑眉一笑，现出几分符合年纪的神采奕奕："想不想在这里玩蹴鞠？"

蹴鞠在千年后也被称作"足球"，以皮革缝制球身，以毛发填充球内，据说蹴鞠早在商朝就已被发明出来，至汉时，蹴鞠成为军营中健身习武的常见游戏[2]。华夏千年的游戏史，蹴鞠比赛往往是"球不离足，足不离球，华庭观赏，万人瞻仰"[3]的大场面。

听见将军要玩球，将士们精神一振，无比积极，开始驻营。

于是，天寒地冻的漠北出现了热火朝天的奇景，汉军情绪高涨，呼出的热气简直能融化飞雪，他们追逐着皮球，足踢膝顶，互不相让，看台不时爆发出震耳欲聋的欢呼声："进喽——"

霍去病自少年起便是蹴鞠好手，眼下他即将顺利踢进第三球，见对面李敢围堵，

1《史记》："匈奴谓贤曰'屠耆'，故常以太子为左屠耆王。"

2《别录》："蹴鞠，兵势也。所以练武士，知有才也，皆因嬉戏而讲练之。"

3 出自《文献通考》。

他连忙转头高喝："赵破奴，来！"

"来喽！"

那边的赵破奴早与将军配合默契，立刻冲上前拦截李敢，趁此间隙，霍去病飞起一脚，将皮球远远踢出半个场，正是一记漂亮的凌空抽射！

士兵喝彩声如擂鼓："赢了！骠骑将军赢了——"

北风卷地，白草枯折，远离京城的漠北充满小伙子们的欢声笑语，古老的塞外也被这热烈的气氛感染得欢腾起来。霍去病欣然接受着将士们的欢呼，比赛落败的校尉李敢却一声不吭地转身离开——众人都知道李敢这倔脾气随他爹，便也不搭理他，由着这小子生闷气去了。

"将军神勇，战无不胜！"

霍去病正色一凛，高声冷喝："现在可有信心随我出战，讨伐左贤王，杀穿这漠北？！"

万骑士气高涨，摩拳擦掌："愿随将军斩左贤王——"

远方宫内的左贤王莫名打了个冷战。

数日后。

雨雪瀌瀌，见晛曰消。

漠北这里虽然苦寒，但拥有发源于狼居胥山的弓卢水，这是一条光润清澈的河，远远望去，河道以温柔的弧度曲折，如同冰封的银龙，卧眠于广袤的雪原之上。

是从未见过的新风景。

霍去病突然笑起来，蓝天白云倒映在他的瞳孔深处，映出纯粹而热烈的光彩。

"我们杀过去！"

遥远的营帐内，左贤王并不担心汉军会打过来，这里作为他的势力腹地，生活着匈奴三大望族之一的兰氏部落，还对付不了一群远道而来的疲兵不成？

"杀——"

直到雪原涌起许多杀气腾腾的黑影，看清骠骑将军的猎猎大旗，左贤王这才吓得丢了酒杯，连忙派出比车耆王迎战："你，快灭了他们！"

天兵照雪下玉关，虏箭如沙射金甲。[1]

两军骑兵迎头交锋，茫茫的雪原霎时变成血流成河的战场，混乱的厮杀声中，比车耆王只来得及匆匆一瞥，刚看清骠骑将军眼中冷峻的锋芒，便被瞬间斩杀于马下。

无论是率军冲锋，还是排兵布阵，对于这位年轻的天才来讲都太过轻松。之所以砍匈奴如犁庭扫穴，是因为他麾下本就收服了许多匈奴兵，这些人熟谙匈奴部落的作战方式，自然屡战屡胜。

优秀的将领不仅擅长打仗，更擅长收服人心，辎重人众慑慑者弗取，正是骠骑将军战无不胜的绝妙之处。

"传我命令，投降不杀！"霍去病拔剑高喝。

万军之中，主帅那英拔的背影太过耀眼，撼得士兵们士气大振，纷纷嘶吼："归顺者降！违逆者杀！"

听闻汉军渡过弓卢水，左贤王大惊失色，他立刻决定掉头逃跑，顺便派出麾下最大的"万骑长"左大将迎战——哪怕拖延时间也好，向西北可是两座圣山的地界，再向北可就是无边的瀚海了！对汉军来讲乃是舆图上的迷雾之地，他们不可能有胆量追这么远！

云龙风虎尽交回，太白入月敌可摧！[2]

骑兵们士气正猛，左大将如同劲风下的野草，连战旗军鼓都被夺了去。当战报传到左贤王耳中，他不禁怀疑自己在做噩梦——哪有人跋涉两千里还这么生龙活虎的？！

撤！继续北撤！往神山里面撤！狼居胥山可是我们祖先的圣地，霍去病再神勇，他敢闯到咱们的大本营来殴打咱们吗？！

想到这儿，左贤王稍稍宽心，朝着白茫茫的神山深处逃去。

"将军！左贤王朝着狼居胥山跑了！"赵破奴大喝，"追否？！"

"自然要追，我们不仅要追，而且……"霍去病话语微顿，视线一扫那些刚刚投降的胡兵，他眸底甚至携着一抹颇有深意的笑，"诸位，想回你们曾经的圣山祭

---

1 李白《胡无人》。
2 李白《胡无人》。

天吗？"

此言一出，不仅将匈奴俘虏们骇得面无血色，就连众多汉将也内心震撼，遥想汉帝笑时那气吞万里的气魄，眼前将军的身影简直与陛下一模一样。

他不是要击退外族，他分明是要——灭胡！

苍茫云海，狼居胥山。

"胡虏莫走！"

赵破奴一声大喝，雪雾簌簌，匈奴骑兵慌张回头，看见煞神般的汉军正追来！

浑邪王和休屠王说得没错，霍去病确实就是天煞星下凡了！若非如此，他怎么敢追到狼居胥山脚下来？！

元狩四年初春，史书里出现了这样的奇观：狼居胥山下，曾经横扫大漠的匈奴铁骑，居然在自家大本营被汉军追得抛戈弃甲，魂飞魄散，曾经尊贵的左贤王，正吓得抱头鼠窜，东躲西藏。

"这可是我们的圣山啊！"左贤王哀号。

"咱将军打的就是你家圣山！"赵破奴用胡语痛骂。

汉军穷追不舍，落后的匈奴部队被汉军们虏斩，山脚下很快血流成河，放眼望去，黑红横流，仿佛有人提笔饱蘸朱砂色，狠狠泼甩至水墨长卷中似的。

赢了！

汉军以一万兵力的损失，斩俘匈奴总共七万多人，捉获三王与贵族官员八十三人！长刀如龙，一扫塞外，几乎将左贤王部势力杀戮得干干净净！左贤王带着寥寥数位亲信，趁乱消失在包围圈，侥幸捡回一条命，然而再也不成气候。[1]

再向前行军，便是狼居胥山，它赫然横亘于这片严寒的白云草地之间。从古至今，从商至汉，从来没有一位中原将领登上过这座神秘的大山。

---

[1]《史记》："骠骑将军亦将五万骑，车重与大将军军等，而无裨将。悉以李敢等为大校，当裨将，出代、右北平千余里，直左方兵，所斩捕功已多大将军。军既还，天子曰：'骠骑将军去病率师，躬将所获荤粥之士，约轻赍，绝大幕，涉获章渠，以诛比车耆，转击左大将，斩获旗鼓，历涉离侯。济弓闾，获屯头王、韩王等三人，将军、相国、当户、都尉八十三人，封狼居胥山，禅于姑衍，登临翰海。执卤获丑七万有四百四十三级，师率减什三，取食于敌，逴行殊远而粮不绝，以五千八百户益封骠骑将军。'"

它赫然横亘于这片严寒的白云草地之间。

从古至今，从商至汉，从来没有一位中原将领登上过这座神秘的大山。

狼居胥山

碧空澄蓝，天光粲然，山脉之下，汉军行驻。

马蹄踏碎雪下枯草，霍去病骑着爱马，昂首踏入山中，一阵万里长风呼啸而来，猎猎吹起他身后队伍的军旗，那仿佛是古老大山对他心声的回应。

喜悦？骄傲？兴奋？万般思绪糅杂在一块儿，霍去病知道，那狂风正渐渐鼓满他的胸膛——

"去病，攻守易形了！"

他又听见汉帝那雄浑的嗓音，贯穿漫长的二十二年，在他的胸膛不断震颤着，浇铸出他身为武将的风骨豪情，唤起内心一声野心勃勃的长笑。

走，封狼居胥！

曾经，狼居胥山是匈奴部落心中最静谧的圣地，在古老的习俗中，每年共有三次祭祀盛会，单于朝拜日，夕拜月[1]，以无比虔诚的姿态来祭祀天神。

如今，汉军正大张旗鼓地高唱着"四夷既护，诸夏康兮"，一浪接一浪，撼得山摇地动。

曾经，高祖在白登山被冒顿围困，吕后面对调戏而不敢呵斥，沦为匈奴部落的笑柄。

汉族一代又一代和亲，一次又一次卑躬，并不能换来敌人怜悯，无论是年年上交的丰厚赠礼，还是如蒲草般消失的女孩们，无一不遭到异族们肆意的践踏与欺辱。

如今，士兵们正如火如荼地准备祭天仪式，设三尺高坛，将功绩刻于石上，以向天下昭告皇威。

今日，就是要替汉帝在匈奴神山举行祭天仪式，以宣扬军威，昭告外族，你们曾经所有的骄傲与光荣从此不复存在！

一步，两步，三步。在一道道激动目光的注视中，冠军侯一步步走向崭新的刻石，他的脑海中不断闪过曾经血泪交织的片段——

每次匈奴南下"打谷草"引来的浩劫：拼死护住孩子的母亲、哇哇大哭的婴孩、被砍死在路边的丈夫、流尽泪水的老人……匈奴骑兵们劫杀一番，心满意足，奔出城池，而城门上正高高地悬着县令的头颅。

1《汉书》："单于朝出营，拜日之始生，夕拜月。"

长年累月，当胡骑那"不可战胜"的形象已深入人心，当"迎头反抗"已成为一句受人嘲讽的奢望。那么，就更应该允许这世上有人怀揣理想，举刀斩碎自欺欺人的和平，从这场低头驯顺的软弱大梦中惊醒！

封狼居胥，这是汉人第一次在外族重地扬威耀武，宣示主权，也成为汉族第一次抬起头的那个瞬间。

这一幕化作后世无数武将共同的梦想，他们永不会忘，汉人曾彻底击溃肆虐中原的外敌，他们永远记得，那位封狼居胥的将军，他只有二十二岁。

将士们发出振聋发聩的呼声，他们如骤雨般痛快大笑，如倾泻般沙哑大哭，如怒雷般竭力嘶喊——封狼居胥！封狼居胥！封狼居胥！

天空尽头，突然响起一声贯穿山河的鹰唳，霍去病抬起头，他看见那只雄鹰正以搏击长空之态，恣意冲破厚重的风云，越飞越远。

记忆拢回二十年前，春至微寒的时节，那声稚嫩响亮的童声恰似鹰唳。

"舅舅，我这辈子一定要做个名震千古的大英雄！"

一抹无比自豪的笑意自冠军侯唇边扬起，渐渐清晰，渐渐明朗，他疾步朝着骏马而去，利落地翻身跨上马背，抽剑指向茫茫云海："远远不够，走！禅姑衍山！"

骏马四蹄生风，万军飞渡山间，地面上的骑兵如奔涌的黑浪，逐着那只疾掠山河的鹰影，再度踏平另一处匈奴圣地，禅姑衍山！

向北，再向北！

极远的北方，不见匈奴敌兵仓皇逃窜的身影，唯有百丈冰封的瀚海，霍去病勒马登临高处，似要望穿那一望无际的壮阔风景——

史料记载不详，只留给后世无数想象，有人推测，骠骑将军曾征服的瀚海即千年后的贝加尔湖。

此刻，凝望瀚海边际，霍去病不由得开始幻想：倘若余生有漫长的整整几十载，究竟能走过多少惊险的路途？究竟会看见如何奇绝的壮景？

双瞳凉入天山雪，一剑横磨瀚海云。[1]

霍去病发现，纵然极力想象，竟也想象不到自己数十年后的样子。

---

[1] 袁枚《古意》。

朔风猎猎撕扯盔甲之下的伤疤，登临瀚海的冠军侯，忽然开始想念家乡长安城的模样。

回家吧。

封狼居胥，禅于姑衍，饮马瀚海。

漠北之战成了武帝最辉煌的一场战役，霍去病与卫青彻底打伤匈奴铁骑的胲骨，漫长几十年间血泪交织的屈辱一扫而空。

以至百年后，名将陈汤说出"明犯强汉者，虽远必诛"[1]铮铮豪言的这份民族自信，这份骄傲气魄，便来自当初的漠北之战。

匈奴恐惧汉军卷土重来，他们再不敢朝着南方大地踏上一步，从此"漠南无王庭"。据不知真假的传说，后来匈奴分裂成南北两股势力，一部分北匈奴人迁向西方，横扫欧洲，阿提拉的名字成了最恐怖的"上帝之鞭"。

消息传到京城，刘彻简直不知该如何表达这份狂喜，他疾呼十几声"好！"，下令犒劳军队，赏冠军侯食邑五千八百户，连同复陆支等人都被封了侯，李敢也被封为"关内侯"，也算宽慰他父亲在天之灵了。

"还不够！立刻设大司马之职，为霍去病和卫青加官！朕要让朝中内外都称呼霍去病为'大司马骠骑将军'！"[2]俯瞰漠北，豪气激荡，刘彻不曾料到，这会是他的爱将人生倒计时的最后两年。

数日后，春色渐深。霍去病打马回府，他远远一眼就看见弟弟霍光的身影。

少年正焦急地站在府邸门口，明明是翘首以盼的模样，却在哥哥面前故作镇定，规矩行礼："兄长。"

语气里的担忧，已然出卖了少年极力隐藏的情绪："兄长……此行是否危险？"

许多年以后，须发皆白的权臣霍光，常忆起当年这一幕。他日思夜盼的哥哥自

1《汉书》："宜悬头槁街蛮夷邸间，以示万里。明犯强汉者，虽远必诛！"
2《史记》："两军之出塞，塞阅官及私马凡十四万匹，而复入塞者不满三万匹。乃益置大司马位，大将军、骠骑将军皆为大司马。定令，令骠骑将军秩禄与大将军等。"

塞北凯旋，伸手勒缰，从容驻马，就这么逆着光停在少年眼前，向来冷峻的脸庞绽出一抹微笑，温柔得连春雪都可消融："放心吧，不在话下。"

他的兄长，活了多么耀眼的二十四年啊。

十几岁的少年霍光想了又想，终究没有将那个梦告诉霍去病——他梦见了北风朔回，吹度玉门，边关战事又起。

他梦见那位帝王迟暮，京城血染，他深爱过的身影们纷纷转身，离他而去。

他梦见面容年轻的兄长，身披铁甲，倚着长戈，早已静静地合眸沉眠在祁连山白雪之中。

此间少年将军留音回响，请扫描此处查收。

文/拂罗

流星陨落

愿逐月华流照君

元狩六年，汉方复收士马，会骠骑将军去病死，于是汉久不北击胡。[1]

深秋闷热，黑云压城，暴雨将至。

"不好啦，不好啦！"谒者穿过一重又一重的宫廊，跌跌撞撞，踉踉跄跄，一路哭喊着朝未央宫跑去，"陛下——"

同一时刻，寝殿肃静，气氛低沉。

谒者那力竭的喊声还未传到这边，刚迈入不惑之年的刘彻独自在屋里休息，心中仍不断谋划着今年的战役。

自漠北大胜以来，侥幸存活的伊稚斜单于请求和亲，维持和平。群臣议论纷纷，有人迟疑同意，有人坚决反对，两派吵成一团。

汉帝沉默不语，直到丞相长史任敞说出"不如让单于对大汉称臣，让匈奴成为咱们的附属"，天子这才满意点头："就这么办！你立刻去通知他们！"

不料，伊稚斜勃然大怒，不仅一口回绝了汉朝的要求，还扣押了任敞。[2]

消息传回长安城，汉帝同样怒不可遏："还没被打服气不成？那朕就再派骠骑将军彻底灭了你！"

天子一怒，江山震动，于是刚刚休息两年的大汉再次开始备战，转眼天气转凉，入了多雨的深秋，汉帝下诏召骠骑将军来商议战事。

这么晚了，怎么不见去病来朝？

秋风起兮白云飞，草木黄落兮雁南归。[3]

秋天未免沾染太多黯然的离别意味，是刘彻向来不喜的季节。

刘彻揉揉额头，慢慢长叹一口气，再次朝殿外看去，天空阴云密布，暴雨正酝酿着。

这一辈子，他从未这般心慌过。

就在刘彻感到困惑时，谒者连滚带爬地闯进来，哭报如炸雷："陛下，不好了！骠骑将军……将军他今日突然去世了！"

---

1 出自《史记》。

2《史记》："丞相长史任敞曰：'匈奴新破，困，宜可使为外臣，朝请於边。'汉使任敞於单于。单于闻敞计，大怒，留之不遣。"

3 刘彻《秋风辞》。

一道霹雳骤然劈下，照得汉宫内亮如白昼，也将汉帝刹那间惨白的脸色照得一清二楚："什么？！"

"去世？！不可能！你这搬弄是非的奴才，少来诅咒我的冠军侯！"刘彻起身狠狠一拂袖，大步朝殿外走去，越走越快，"备驾，朕要亲眼看看霍去病怎么还不来见朕！回来再治你这奴才的罪！"

惊雷过后，一场大雨瓢泼而至，整个京城浸在灰蒙蒙的清冷中。

当刘彻真正看到棺中的青年时，他心头所有的震怒都突然烟消云散，只剩下一近乎无措的迷茫与不可置信：他此生最骄傲的那个孩子，他亲手栽培的那个孩子……突然之间，居然忍心抛下他于不顾，自顾自躲在这里睡着了？

"去病？"刘彻唤他。

霍府上下一片哭泣声，霍去病正静静地躺在棺里，眉眼依然冷峻，容貌依然年轻。

"去病？"刘彻又唤。

他甚至要伸出手，去推一推棺材中的霍去病，想把这个贪睡不起的孩子叫醒。在所有人的注视下，刘彻缓缓朝棺材伸出手，他威武了半辈子，从来没有过如此犹豫的时刻——

帝王的手僵在半空，徒劳抓握一阵，终于颓然地放下了。

骠骑将军才二十四岁，他怎么会突然离世？

是因为暗疾，还是因为旧伤？难道是突然感染疫病？

纵然刘彻心中有万千个"怎么会"在盘旋，无常的人世都不会给他一个答案，只有满府飘飞着的清冷白幔，静静燃着的长明灯，将这现实残酷地晃入天子的眼中——

霍去病离开了，他最终没能死在自己最向往的沙场中，而是猝死于秋日的病榻上。

灵堂之外，雨声渐歇，冰冷的雨珠一颗颗砸入水洼，如生命纳入川流，顷刻消失得无影无踪。

元狩四年春，在汉帝的提拔下，霍去病与卫青皆被加官大司马，舅甥俩渐渐开始涉入政治场。只不过，骠骑将军与大将军俸禄相当，又是陛下身边红人，朝中许多人纷纷离开大将军，转而投靠骠骑将军。

对此，霍去病不以为然。

自己比任何人都了解舅舅那云淡风轻的性子，当时苏建曾劝卫青养士，卫青却表示："这种行为恐怕会招致天子猜疑，以前窦婴和田蚡厚待宾客，陛下都常常切齿，我们作为人臣只需奉法遵职就好，何必去养士呢？"[1]

卫青的办事风格深深影响了霍去病，他亦不养士，舅甥俩一同出入朝堂。这让霍去病回想起十年前，跟着他一点点学习兵法、骑射、列阵……好像一切都正在慢慢回到原点。

卫青是坚定的太子党，而霍去病也写过一篇《请立三王折》。

小姨卫子夫生下的太子刘据今年十二岁，与他同父异母的三位皇子也渐渐懂事，按照规定，三位皇子应分封诸侯王，离开皇宫，前往封地。

刘彻却"矫情"地走了个谦虚过场，推说自己并未培养好皇子们，还不够封王，只可列侯。

其实众人心知肚明，汉帝早就定好了封国，只需一个负责给陛下台阶下的人来请封三王。

刘据刚出生时，二十九岁的陛下简直欣喜若狂，不仅修建神祠祭拜，还特意命东方朔和枚皋写赋祝贺。

后来，刘据七岁被立为太子，陛下大赦天下，派出使者巡行慰问各地，赏赐百姓，以求普天同庆。

身为太子的表兄，霍去病入宫时经常能看到刘据，那孩子如今已经很有皇太子的模样了，刻苦研学，广交朋友，不论对方出身如何都以礼相待，只不过……性格着实不太随他父皇。

"唉，你说刘据这孩子，那温和不争的性子居然一点儿都不像朕！反而像极了子夫！"刘彻笑着拍拍霍去病的肩，"如此看来，反而是你小子性格最像朕！不错！"

出于对霍去病的欣赏与偏爱，刘彻甚至在元狩五年包庇了他一桩杀人案。

当时，李敢对父亲自刎之事怀恨在心，无处发泄，竟出手打伤了卫青。卫青性

1《史记》："苏将军谢曰：'自魏其、武安之厚宾客，天子常切齿。彼亲附士大夫，招贤绌不肖者，人主之柄也。人臣奉法遵职而已，何与招士！'骠骑亦放此意，其为将如此。"

情宽厚，怜悯李家只剩一个独子，并未声张，但终究纸包不住火，此事依然被霍去病知晓了。

记忆深处涌现往日的画面：

十几年前的平阳府内，有两个穿着布衣的奴家子相依为命，幼小的霍去病曾咬牙切齿地发誓："谁也不能欺负你——"

数日后，众臣随御驾到甘泉宫出猎，霍去病搭弓拉弦，一箭脱手，射杀李敢！

"陛下，李敢分明是刺杀大将军，绝非斗殴。"

面对陛下的惊怒质问，骠骑将军那深邃的黑眸泛起冷光，站在一片哗然声中，面无惧色。

"你……你这孩子！"注视着自己的爱将，刘彻眼中翻涌的情绪慢慢平息下来，他狠狠一甩袖，叹了口气，"袭击大将军本就是重罪，你何苦自己出手！唉！有什么事不能先跟朕说的？！"

太锋利的剑，总会有划伤手的时候，刘彻有意将此事隐瞒下来，对外说李敢是被鹿撞死的。[1]

"此事就这么算了！下次打仗，罚你多给朕斩几颗首级回来！"

转眼，此事已过去一年之久。霍去病伏案写奏折时，窗外蝉鸣阵阵，绿意恰似碧波，院里正传来霍光的读书声。

"……因盛夏吉时定皇子位，唯陛下幸察。"霍去病正要搁笔，忽然想起什么，在末尾添了句走流程的书面语"臣去病昧死再拜以闻皇帝陛下"。

第一次如此正经地提笔处理公务，让二十四岁的骠骑将军感到新奇，奈何他从来都不是安安静静坐在家里养伤的性子，总想披衣起身，推门出去转转。

春夏秋冬，当他骑着自己的爱马，随意漫步于长安城时，总能发现新风景：热闹的长安市、吆喝着的手工作坊、权贵居住的北阙甲第、平民往来的东第……胆大的孩童们欢叫着追在马后，叽叽喳喳。

为何突然开始怀念起旧时风景？其实霍去病也说不清楚，他慢悠悠骑在颠颠的

1《史记》："怨大将军青之恨其父，乃击伤大将军，大将军匿讳之。居无何，敢从上雍，至甘泉宫猎。骠骑将军去病与青有亲，射杀敢。去病时方贵幸，上讳云鹿触杀之。"

马背上，莫名地想要将这一切都深深记住，从此无论去哪里都不会忘。

上次漠北之战，未能彻底拔除单于势力，听说汉帝仍有征伐匈奴之意，霍去病曾直言问："陛下预备何时开战？"

印象中，纵然是行军渡过荒凉苦寒的大漠，纵然是抵死鏖战皋兰山，骠骑将军的眼神也是永远淡漠而平静的，仿佛单于的脑袋已是囊中之物。

"你小子怎么比朕还急！"武帝重重拍着霍去病的肩膀，哈哈大笑，"好！好！不愧是朕最喜欢的爱将，处处都像朕！再过一阵，等朕彻底决定好，召你再进宫商量！"

江山入秋，季节多雨。

烁金的秋色让霍去病感到喜悦，每当风起，满城银杏叶便簌簌飞落，铺满长街院落。屋舍鳞次栉比，映出温柔耀眼的一抹昏黄，合着秋叶，仿佛一首绵绵无尽的盛世长安曲。

霍去病觉得，这抹颜色总是让他想起童年。

属于大汉的盛世，也快要到来了吧？

相逢意气为君饮，系马高楼垂柳边。

当二十四岁的冠军侯牵马慢慢走在城里，他时常能看到那些与自己年龄相仿的贵族子弟，三五成群，放声大笑，沿着街市飞驰而过，

新丰美酒斗十千，咸阳游侠多少年。

那些纨绔青年，曾是幼时霍去病羡慕过的孩子们。大雪愈下愈大，娘与继父的说话声变得断断续续，辨认不清，而小霍去病眼巴巴地望着那些孩子身上漂亮的冬衣，看得出了神。

转眼居然已经过了这么多年。

有时，自己会觉得恍惚，这座巍峨的城好像还保持着它最初的模样：从高祖建汉到文景之治，再到今朝挥师……一代又一代的帝王将相来了又去，唯独长安城岿然不变，默默见证那些耀眼与至暗的时刻。

夕阳余晖，如同一位温厚慈爱的长辈的目光，霍去病忽然想起张骞。少年时，他曾追问张骞："是否惧怕过死亡？"

夕阳落下了，还会有晨曦，可魂灵逝去了，便不会再回来。

倘若这世间从此不再有我会怎么样？

"没有人不害怕死亡，我们终有一日会死，哪怕是校尉，哪怕是陛下。"张骞慢慢回答，"从此我看不见所有的晨曦与日落，但同时我也拥有了每一场日落与晨曦。校尉，众生最终都会回归尘土，化作万物的另外一种模样，到那时，我们再相逢吧。"

当初似懂非懂的心情，最近变得明朗起来。

如今的霍去病想起自己在狼居胥山附近驻军那夜，曾目睹过"倒看北斗"的奇观天象，那些北斗七星仿佛逆旅的过客，一直要溯游回到生死的另一端。

是否一切都会回到原点？眼下自己还想不通这个问题。

罢了，时辰不早，通知赵破奴他们加紧训练吧。

"走了。"

霍去病伸手抚抚马儿的鬃毛，翻身跨上它的背，一夹马腹，马蹄清脆的声音越响越疾，好似鼓点飞扬。冠军侯的身影很快消失在游人们的视线中，只留下一串惊艳的呼声："看！是骠骑将军！"

又过了数日，秋意渐深。

这是霍去病记忆里的最后一日，他接到召旨，正要出门。

"兄长……"

当霍光从屋里追出来时，他看见哥哥头也不回地朝着府外而去，步伐稳健而从容，背影却决绝得仿佛将上沙场。少年的心莫名收紧，勒得发慌，连忙放声问："兄长，你要去哪儿？"

逆着耀眼的晨光，霍去病身形一顿。

"怎么了？"他微微偏头，站在满院飞卷的秋叶中，眉梢扬起一抹笑意，分明是宽慰弟弟的语气，"我去宫里议事，很快回来。"

距离大获全胜只差一步之遥了，这次一定要彻底消灭匈奴，至于旧伤和顽疾不要紧，这两年已恢复了许多，接下来只要去军营点兵……

下雨了。

视线忽然有一瞬黯淡，如同迅速褪去颜色的画卷，恍惚间霍去病听见霍光撕心裂肺地唤了声"兄长"，跌跌撞撞朝他跑过来。

这孩子向来沉稳，怎么会……

还不等霍去病想清楚，他眼前一切竟飞转着上升，直至看到灰蒙蒙的天色。霍去病终于意识到，原来是自己正缓缓向后倒下——他毕生所深爱的一切，正在渐渐离他远去。

一滴、两滴……

落在脸上的晶莹水珠，分不清是雨还是霍光的泪，它们变成漫天星斗，像极了在狼居胥山观星那夜的天空。霍去病全身涌起剧痛，那是咬牙隐忍了六年的漫长痛楚，在这一刻悉数崩坏。

如此猝不及防。

既然越向北走，北斗星便越来越高，那么只要一直向北，走得足够遥远，是不是就能看见它们渐渐越过人的头顶，朝南落去？

传说，在狼居胥山附近，骠骑将军因旧伤发作而辗转反侧，他无意间抬头夜窥天幕，竟看见七星倒转的神奇景象。

怪得春光不来久，胡中风土无花柳。天翻地覆谁得知，如今正南看北斗。[1]

"醒醒！"

一阵喜悦袭上心头，他难得像个沉浸在新奇中的少年，将赵破奴他们挨个踹醒。当将士们睡眼惺忪地走出军帐，不禁被夜幕所震撼，一喊十，十喊百，所有的汉兵们都跑出来看着朝南的北斗，啧啧称奇。

"咱将军发现的！"赵破奴摇头晃脑，"哎呀……方圆之间，妙不可言啊！"

在一片乱哄哄的笑声中，霍去病坐在篝火旁，静静望着迢迢星月，他的思绪飞回到童年：他与舅舅并肩坐在破落院子里，曾看见一颗流星划过平阳府外的天边——

"将军，快看！是奔星！"

霍去病回神，天上果然有一颗明亮的星星坠落下来，拖着银色尾羽，照耀夜空，转瞬不见了。

北斗南回，飞光倒流，原来都是预兆着一切将要渐渐回到原点。

---

1 刘商《胡笳十八拍》。

江畔何人初见月？江月何年初照人？人生代代无穷已，江月年年望相似。[1]

"兄长！兄长！"

雨中，霍光的哭喊声在耳畔渐渐清晰。

霍去病意识到，自己就快要离开了。

这种感觉如此强烈，又如此清晰，是二十四年间从未有过的，这一刻他的内心却无比冷静。

连年驰骋疆场，他早已见惯无数人濒死前的目光，有人惊恐，有人悲伤，有人不甘……有他最熟悉的部将，也有他亲手斩杀的敌人。

离开之后，会回到哪里去呢？

倏忽间，他想起张骞曾说过的话，笑音正在身边朗朗响起："从此我再看不见每夜的北斗，从此，我同时拥有了万古的星汉。"

二十四岁的霍去病忽然想明白了什么，全身的痛楚旋即轻松起来。在旁人的哭喊声中，他缓缓朝着眼前的漫天星斗伸出手，唇边扬起久违的明亮笑容，那是一抹永恒的、灿烂的、属于少年的笑容。

元狩六年，冠军侯溘然长逝，死因不详。

有人说连年奔袭损害了他的身体，有人说他死于来势汹汹的病症……总之，少年短暂的故事结束了。

被所有人偏爱的冷峻少年，如众星捧月般的高傲少年，战无不胜的天才少年。

再见了。

那日阴雨绵绵，霍府灵堂白幡飘飞，成了盘旋在刘彻余生中挥之不去的凄凉记忆。他下令让霍去病陪葬于茂陵东，并将坟墓修成祁连山脉的模样，以彰显冠军侯生前打通河西的千古战功。

茂陵，是刘彻精心为自己准备的帝陵，等到百年之后，他们君臣必能在泉下重逢。

沉重的棺盖慢慢合拢，盖住霍去病年轻的面庞。从此，骠骑将军真实的容颜与侧影隐入浩荡青史之中，只留下只言片语的记载，任凭后世猜测。

---

1 张若虚《春江花月夜》。

"走吧，小子。"刘彻咬紧牙关，掌心重重拍了拍棺木，如同昔日拍着这孩子的肩膀，"走吧，咱们泉下见！"

这一次，棺内静默，无人应答。

霍去病谥号景桓，根据谥法，布义行刚曰景，辟土服远曰桓，是满朝文武查遍文书后提出的，汉帝刘彻再三斟酌后批准。景桓侯，史书短短三个字背后，藏着少年将军灿若流星、战无不胜的戎马一生。

那日，从长安城到茂陵东，八十里长路，皆有玄甲军列队送葬，那是霍去病生前曾招降的士兵们，前来送年轻的将军最后一程。[1]

"将军！"赵破奴仰天一抹泪，终于压抑不住情绪，"来世愿再随您征战！"

这次，再也无须赵破奴用大嗓门催促，他身后数十万将士齐刷刷举起长戈，锋芒在天光下璀璨而明晃——

出身仕汉羽林郎，初随骠骑战渔阳。孰知不向边庭苦，纵死犹闻侠骨香！[2]

沙沙……

凛冽秋风刮起，它迎着将士们手中闪闪发光的刀戈，从茂陵肆意吹到长安城。

它掠过哭声不休的旧府，穿过光影重重的汉宫，吹起故人们憔悴的发丝。

慢慢为新墓浇酒的大将军，椒房殿内眼圈泛红的皇后、未央宫里蹙眉沉默的汉帝……

风看不见所有的日落与晨曦，但风尽情翻阅着每一场晨曦日落，"哗啦啦"地翻开史书般，迸发出无数绚烂的颜色：大英雄迟暮时天边的紫霞、落寞椒房殿初降的雪、巫蛊之祸时满街血染的红……

后来，在无数个晨曦与日落之间，他化作风，看完汉武王朝后来的故事，见证汉帝刘彻最后的辉煌——

北登单于台，至朔方。临北河。勒兵十八万骑，旌旗径千余里，威振匈奴。[3]

1《史记》："骠骑将军自四年军后三年，元狩六年而卒。天子悼之，发属国玄甲军，陈自长安至茂陵，为冢象祁连山。谥之，并武与广地曰景桓侯。"
2 王维《少年行》。
3 出自《汉书》。

骠骑将军已不在人世，刘彻不得不停止了对匈奴的讨伐战争，这位野心勃勃的帝王将视线一转，转向了周围小国。他挥师征伐南越、西羌、东越……将诸国土地统统收入汉疆。

匈奴已不敢再肆虐，其他小国全然不是强汉的对手。在骠骑将军辞世的七年后，元封元年，武帝曾率十八万大军北巡，带领大将军卫青、太子刘据等人，一直抵达匈奴单于点兵之地：单于台。

遥望万里山河，刘彻内心豪情万丈，他派使者前往漠北："去告诉乌维单于，他今日要是敢跟我大汉交战，我这天子已率诸将在边塞等候多时了！倘若他不敢来战，就早该向我大汉称臣，何苦亡匿于漠北这种苦寒无水草之地啊？"[1]

面对汉朝的挑衅，单于大怒却无可奈何，只能一边服软，一边休养士马。

这是汉武帝时期国力到达顶峰的一段时期，但刘彻连年征战，已给百姓造成不堪忍受的负担，再加上不断扩张领土，却难以有效管辖，这些问题都成为国家动荡的原因。

武帝统治分为前后两个阶段，刘彻总共在位五十四年，从十六岁继承皇位的少年天子，到六十九岁寻仙觅长生的糊涂帝王。而霍去病与卫青的死亡，将天子从雄略到糊涂的人生"咔嚓"一声一分为二。

狂风吹过，少年曾经深爱过的那些身影，也终究奔赴进光阴的川流，成为史书里的人物。

唯有史书最为冷峻、孤独、默然沉寂；唯有史书最为炽热、喧闹、震耳欲聋。

当它吹起舅舅鬓边第一缕苍苍的白发——

后来，平阳公主第二次经历丧夫，在刘彻旨意下，卫青娶公主为妻。昔日牵马

1《史记》："是时，天子巡边，亲至朔方，勒兵十八万骑以见武节，而使郭吉风告单于。既至匈奴，匈奴主客问所使，郭吉卑体好言曰：'吾见单于而口言。'单于见吉，吉曰：'南越王头已悬于汉北阙下。今单于即能前与汉战，天子自将兵待边；即不能，亟南面而臣子汉。何但远走，亡匿于幕北寒苦无水草之地为？'语卒，单于大怒，立斩主客见者，而留郭吉不归，迁辱之北海上。而单于终不肯为寇于汉边，休养士马，习射猎，数使使好辞甘言求和亲。"

的奴仆少年，以大英雄的盛名归来，成为这旧府的新主人。[1]

在卫青人生的最后九年里，夫妻俩举案齐眉，时常谈起几十年前的趣事。在年迈的帝王渐深的猜疑下，卫青多年间不再出战，他谨慎为官，出入风云，安然无恙，守护着渐渐衰落的卫家。

每当卫青归家，走进熟悉的旧府，他的视线总在恍惚间模糊起来，越过光阴，看到屋檐下坐着的那个孤独孩子，正等着自己为他讲故事。

元封五年，卫青病逝[2]，刘彻在茂陵东为他修了一座形似阴山的墓，谥号为烈，意为"以武立功，秉德尊业曰烈"。

此时，除了继承父亲爵位的长子之外，卫青的其他两个儿子皆因"酎金夺爵"事件而失侯，昔日无比显赫的卫家只剩下皇后一人独自支撑。

当风抚过小姨卫子夫那张不再年轻的脸庞——

长安坊间，已无人再唱起《卫皇后歌》，随着太子刘据长大，年老色衰的皇后不再受到天子宠幸。[3]

这深宫里的帝王之爱，终究像雪花一碰即融，走过半生，如今的卫子夫早不再是那个爱哭的小姑娘了。她默默履行着皇后的责任，每次刘彻出宫巡游，都放心将诸事交给皇后与太子打理。[4]

然而，刘彻与太子的隔阂居然愈发严重了，温和宽厚的刘据还是遗传了父亲的倔强脾气，频频劝阻父亲出兵。

每次父子吵架，都以刘彻一声笑骂结束："你这臭小子，我辛苦些负责担重任，你以后就能过得安逸，这样不好吗？"

群臣中，宽厚者皆附太子，酷吏则诋毁太子，而邪臣大多勾结党羽，自大将军

1《汉书》："初，青既尊贵，而平阳侯曹寿有恶疾就国，长公主问：'列侯谁贤者？'左右皆言大将军。主笑曰：'此出吾家，常骑从我，奈何？'左右曰：'于今尊贵无比。'于是长公主风白皇后，皇后言之，上乃诏青尚平阳主。"
2《史记》："其后四年，大将军青辛，谥为烈侯。"
3《汉书》："皇后立七年，而男立为太子。后色衰。"
4《资治通鉴》："上每行幸，常以后事付太子，宫内付皇后。有所平决，还，白其最，上亦无异，有时不省也。"

卫青去世后，这些蠢蠢欲动的酷吏立刻亮出了爪牙。[1]

龙椅之上的刘彻逐渐变得糊涂，沉迷长生与巫术，为日后"巫蛊之祸"的发生埋下了伏笔。

"箫鼓鸣兮发棹歌，欢乐极兮哀情多。少壮几时兮奈老何！"

风向前，吹过刘彻的余生，它无数次听见帝王低吟《秋风辞》。

昔日热热闹闹的君臣三人，转眼只剩暮年的汉帝了，刘彻时常独自漫步在上林苑，追忆那些把酒言欢的时光，追忆那个如流星般划过他生命的孩子。

经过十多年的休养生息，匈奴国再度成为大汉的威胁，武帝依然坚持挥师，却连续遭遇失败。

刘彻渐渐老了，渐渐听不见"天下虚耗，人复相食"[2]的民怨声了。

年迈的天子不愿认输。

卖官埋下的隐患终究反噬了汉王朝，这天下酷吏横行，民怨四起，武帝曾经想要守护的大汉，在他自己一次又一次的征战下，渐渐变得满目疮痍。

曾经那个溜出宫门的叛逆天子，那个雄才大略的青年汉帝，在暮年，也终究没能逃过孤家寡人的宿命。

随着一阵又一阵风扬起，它发现长安城沾满铜锈味的血腥。在刘彻六十四岁那年，牵扯万人的"巫蛊之祸"发生，朝中血雨腥风，公孙贺、赵破奴、公孙敖……几乎无一幸免，最后，就连皇后与太子都成了此案的牺牲品。

眼睁睁地失去所有故人，寂寞的帝王从糊涂中猛然惊醒，他下令将诬陷太子的贼人们诛杀，诛三族，修"思子宫"以哀叹他们无辜枉死，日夜盼魂归来，天下闻而悲之。[3]

两年后，刘彻下《轮台诏》对穷兵黩武之事表示悔恨，从此再未出兵征伐。

1《资治通鉴》："群臣宽厚长者皆附太子，而深酷用法者皆毁之。邪臣多党与，故太子誉少而毁多。卫青薨后，臣下无复外家为据，竞欲构太子。"

2《汉书》："仲舒死后，功费愈甚，天下虚耗，人复相食。武帝末年，悔征伐之事，乃封丞相为富民侯。"

3《资治通鉴》："上怜太子无辜，乃作思子宫，为归来望思之台于湖，天下闻而悲之。"

他终于承认，自己老了。

不服输的汉帝颓然向现实低了头，他死于后元二年春，跪坐在床边拭泪的托孤大臣正是霍光等人。[1]

那个曾经追在兄长身后的少年，谨慎出入汉宫二十多年，在"巫蛊之祸"的浩劫中活了下来，成为新一代权臣。

汉武帝的统治匆匆结束，尘事如狂风，卷走了霍光所熟悉的身影们。他知道，自己注定会成为这一段往事的见证者与守望者，慢慢地走在所有人身后，目送他们逐渐离去。

霍光依然忘不掉霍去病。

他早逝的兄长，如流星划过无垠的宇宙一般，仅是与汉朝擦肩而过，但那一瞬所爆发出的锋芒，就足以让人们永生难忘：过去、现在、未来……永远都会有霍去病那灿若骄阳的一抹身影。

后来的霍光经历昭帝去世，参与废帝另立，终于权倾朝野……官场似海，起起伏伏，他将功过留给后世评说。

最后一日，在退朝的路上，往事在黄昏中渐渐清晰，须发皆白的霍光蓦地想起旧时长安城的模样，当初，是兄长将他带来这里。

霍光永远都不会忘记，与兄长在平阳县初遇的那天——

"想不想随我去长安？"

"我……我想去！"

等到霍光也成为史书里的人物后，四百年在长风中一页页翻篇，传说，汉武帝的魂魄曾出入汉宫，有人曾经在深夜听清他战马的嘶鸣。

茂陵刘郎秋风客，夜闻马嘶晓无迹。[2]

卸下年迈的皮囊，解下岁月的禁锢，当少年天子借着夜色的掩护，一路偷偷溜出殿门，穿过宫廊，他终于再次看到故人们的身影：卫青、张骞、子夫、刘据、霍光……

1《汉书》："上以光为大司马大将军，日磾为车骑将军，及太仆上官桀为左将军，搜粟都尉桑弘羊为御史大夫，皆拜卧内床下，受遗诏辅少主。"
2 李贺《金铜仙人辞汉歌》。

以及打头那位神采奕奕的少年郎。

"陛下，这场逆旅，您已经迷失很久了。"霍去病面含笑意地向刘彻伸出了手。

汉王朝最后的余响也渐渐消散，在那遥远的河西走廊，丝绸之路的香火与驼铃仍然不歇，酒泉里依然潺潺流淌着冠军侯的传说。

还有那些洋洋洒洒的笔触，记录着骠骑将军霍去病的故事，或藏在北朝描绘的石窟壁画里，或诞生于文人醉酒长吟的感叹间。

盛唐在谪仙人吐出的酒气里尽情泼洒，当李白醉醺醺的魂灵在月亮里越飞越远，他梦见自己化作天兵弦上那支白羽箭，追随年轻的将军一同射落昴星——

"哈哈！汉家战士三十万，将军兼领霍嫖姚！噫！"

往事在一声声拍遍栏杆的震荡中清晰，每当辛弃疾喝得酩酊大醉时，他才敢挑灯看剑，抚摸着那张破碎的舆图，要将它拼凑成《东京梦华录》中那个完整的大宋。

元嘉草草，封狼居胥，赢得仓皇北顾。四十三年，望中犹记，烽火扬州路。[1]

岁月向前，在这片土地诞生的人们，他们永远都会记得，汉族曾经有过封狼居胥、禅姑衍山、饮马瀚海的威武；在他们血脉的最深处，永远都有一副名为"不屈"的好风骨。

唐、宋、元、明……历史的颜色就这样不断迸发着，跃动着，变幻着，描摹出霍去病那永恒而鲜活的少年形象。

"匈奴未灭，无以家为！"

此时相望不相闻，愿逐月华流照君。[2]

总要有人照耀长夜。

从此他再看不见每夜的北斗，从此，他同时拥有了万古的星汉。

在东方持续千年的阵痛中，在华夏万古不熄的长夜里，历史如月人似星，一朝有一朝的完满，一朝有一朝的残缺，盈缺变化，反反复复。

倘若天地黯淡，不必苦等炬火，自会有无数星辰奋不顾身，照彻此夜。

---

1 辛弃疾《永遇乐·京口北固亭怀古》。
2 张若虚《春江花月夜》。

哪怕此生辗转南北，风尘仆仆？

从未后悔。

哪怕注定赴汤蹈火，燃烧生命？

万死不辞。

星汉灿烂，明月高悬，每当听见亘古的静谧中传来悠悠的高歌，不必迷茫，那是千百年前死去的群星，正迈过时光，横渡岁月，携着他们一生的故事千里迢迢而来。

此间少年将军留音回响，请扫描此处查收。

三里清风三里路
再无清风再无卿

此间少年将军留音回响,请扫描此处查收.

寻君不见

XUN JUN BU JIAN

文 / 拂罗

千年后，茂陵东。

睡起不知秦汉事，一尊闲醉华阳川。[1]

霍去病、卫青、刘彻、卫子夫、张骞……曾波澜壮阔的汉朝史事，随着书外看客那一声轻叹而渐渐驰远。

曾近在眼前的鲜活身影，你在合卷后才意识到，原来薄薄几页间，你与他的距离，已被史官一笔划开千年沟壑。

他不是你的某位故人，他是千年前逝去的某个名字。字里行间，汉王朝落了幕，可唯独他的一生如同断章般戛然而止。

你明白史书也不过是一群死去的星星留下的光亮，可内心不禁叹惋他的早逝，惆怅他的消失。

---

1 陆游《梦海山壁间诗不能尽记以其意追补四首·其四》。

如何才能寻到他呢？哪怕见一面也好⋯⋯

你翻开此页，再睁开眼，发现自己正置身于茂陵东。

风吹茂陵，林如倾盖，你茫茫然举步拾阶，一路看见些古朴的石雕：卧伏的石虎石牛、蹄踏匈奴的石马⋯⋯

茂陵烟雨埋冠剑，石马无声蔓草寒。

在挥别千万次日升以后，这片土地慢慢扛起岁月的重量，它缄默地埋葬了帝王将相的传奇，不允许太多浮躁的脚步来惊动他们，只待少数与历史产生共鸣的灵魂来细细挖掘。

一步，两步，三步⋯⋯

你停在冠军侯的墓前，静静注视着碑文。

01

不知过了多久。

哗啦啦⋯⋯

凛冽的劲风忽地吹飞你手中的书册，迅速将故事再从头翻阅，白云涌起，树影晃动，这座苍古的帝陵在顷刻间复苏。

你惊呼追去，不慎脚下一滑——

右手被谁一瞬紧握，你在惊魂甫定间抬头，听见风里扬起马蹄声，搀你的人已悄然远去。

难道是⋯⋯

"您走好！将军啊！"

来不及细细思索，你听见赵破奴的悲喊声，从茂陵东到长安城，数十万玄甲军齐刷刷地抬起刀戈，明晃晃的刀光刺痛了你的双眼。

眼前正是历史中的元狩六年，冠军侯溘然长逝的秋日。

风为何要送你来到这一日呢？

"夕阳落下了，还会有晨曦，可魂灵逝去了，便不会再回来。"

"倘若这世间从此不再有我会怎么样？"

风看不见所有的日落与晨曦，但风尽情翻阅着每一场晨曦日落。

你压下心头困惑，在风的指引下，向人们打听：

"我在寻找那位早逝的冠军侯……您是否知道他去往哪里？"

你曾与大英雄卫青对酌，听他讲述记忆里那位霍姓少年，见他鬓边慢慢染白第一缕颜色。

而后光阴一转，只留你孑然站在长平侯墓前，静听长风拂过肃静的林海。

你曾陪卫皇后漫步在落寞的椒房殿，听她讲起那些曾经的风月往事。后来，所有的爱与恨都在重重深宫中成了镜花水月，凝作她自尽之前最后凝望未央宫的那一眼。

汉武时代即将结束，翻页前，再为他们祭一杯酒吧。

"少壮几时兮奈老何……"

白发苍苍的帝王在旧园孑然徘徊，听说你执意顺着时光向前走，要继续寻那位少年，迟暮的天子曾深深注视着你，托你捎句话：

"这次慢些走吧，咱们一起，慢慢走……"

茂陵刘郎秋风客，夜闻马嘶晓无迹。

沿着历史的折痕向前走。

挥别汉武时代，还没从离别的怅然中缓过神，身后突然传来轰隆隆的震动，你悚然回头，发现匈奴卷土重来！

后来的汉朝，再次被卷入连年的战争中。

侵略与抗争、血光与刀戈……中原儿女连天的哭喊响起，封狼居胥仿佛成了泡影，悲剧在重演。

你猝不及防地被裹挟于滚滚狼烟中，踉踉跄跄，失了方向，却在至暗时刻突然听清一声铁骨铮铮的厉喝：

"明犯强汉者，虽远必诛——"

这一声，如同裂云浮光，劈开混沌。

所有的哭喊声戛然而止，在某个压迫到极致的瞬间，统统化作血脉里反抗觉醒的嘶吼。

泱泱四百年，无数光辉画面在抗争中定格：封狼居胥、饮马瀚海、燕然勒功……从霍去病到陈汤，再从陈汤到窦宪。原来汉朝人从未忘记过那些时刻，正如同后世王朝从未忘记过强汉。

"虽远必诛！虽远必诛！"

听着一阵又一阵震耳欲聋的杀声，你猛地忆起当年武帝话语：

"汉为天下宗，操杀生之柄，以制海内之命，危者望安，乱者卬治！"

原来，他将这句话遥遥抛给了岁月，最终凝成了一支民族血脉深处的铿锵回响。

后来，滚滚长江东逝水，浪花淘尽英雄。

"请问，您可曾见过冠军侯？"

季汉日月未能幽而复明，这里却记载着赵子龙引用"匈奴未灭，无以家为"的典故劝谏刘备的故事。

当你风尘仆仆地谢过赵云，回过头，那些人影也停留在了三国尽头，微笑朝你挥手。

是非成败转头空，大汉的余荡终于也结束了。

再后来，旧时王谢堂前燕，飞入寻常百姓家。

目睹江山不断分裂又重组，汉族的脊背从斑斑血迹中硬生生挺直，不知不觉，你迈入一座名为"长安"的城，它与秦汉记忆中那个长安截然不同。

五陵年少金市东，银鞍白马度春风。落花踏尽游何处，笑入胡姬酒肆中。[1]

这便是大唐了，所有颜色都将在唐人的欢唱声中迸发出来。

昔日武帝沉睡的茂陵早成为唐诗中"五陵"的其中一座，而你走在盛世，没能找到自己要寻的少年。

假如能带他看看，那该有多好……

---

1 李白《少年行·其二》。

正想着，你看见那位被"赐金放还"的谪仙人正恣意策马，穿行大街，惹得热闹的西市连连惊起呼声。

"哈哈！汉家战士三十万，将军兼领霍嫖姚！嗝！"

"太白！"你激动上前，细问李白可曾见过冠军侯，"他的生命太过短暂，实在有太多太多的遗憾，我想找到他，带他看看……"

"夫天地者，万物之逆旅也，光阴者，百代之过客也……"李白醉里勒缰，笑吟吟反问你，"小友，你那位故人当真离开过吗？"

跳转2

02

不曾离开过吗？

可是……他在哪儿呢？

见你困惑，李白放声长笑，朝你伸手："送你一程！走！"

他拽你上马，腾云驾雾，挥别长安。

云头下，河西落日浑圆，你想起这是冠军侯曾经征伐的地方。

跳转3　Ⓐ 前往两关

跳转4　Ⓑ 前往四郡

跳转5　Ⓒ 前往宋朝

自冠军侯打通河西走廊以来，武皇"据两关，列四郡"，后世百姓出入西域，已不必像当年张骞那般历经万险，九死一生。

半路，你曾遇到王维，向他打听过冠军侯的故事，而摩诘将波澜不惊的笔触向远方轻轻一划，轻描淡写答：

"西出阳关无故人，再喝一杯酒吧。"

接过温烫的酒一饮而尽，渭城朝雨的记忆还清晰如昨。你驻足眺望阳关雪，没能寻得骠骑，却听见春风里传来羌音悠悠。

倘若追随着羌笛一路跋涉，便可来到王之涣笔下的玉门关。

黄河远上白云间，一片孤城万仞山。

唐人风流，唐诗亦风流，所有的快活与自在都集中在大唐，一个又一个胡旋，化作欢歌与醉笑。但唐人骨子里依然流淌着东方的含情脉脉：

玉靶角弓珠勒马，汉家将赐霍嫖姚。[1]

他们的武将把霍、卫视作最向往的目标；秦时明月汉时关，万里长征人未还，他们的文人常用强汉来对比盛唐。

公元 755 年以前，你向唐人们打听冠军侯，他们只是轻轻地笑，所有澎湃的心驰与神往，都随着酒气泼向大漠最远方——

长河落日的光影里，你恍惚瞥见那一眼熟悉的侧影，伫立着，守望着。

一眼千年。

跳转2

---

1 王维《出塞作》。

走在黄沙大道，竟看见汉家骑兵在天地间驰骋。

"后面的兵别磨蹭！将军有令，我们要在天黑之前穿过古浪峡！"

你揉揉眼，再抬头，那些肃杀的汉骑化身成络绎不绝的大唐游客：出塞的诗人、入关的胡商、布道的和尚、礼佛的公主……你学着他们的动作，掬起一捧清泉水饮下，恍惚听见汉将们唱起缥缈的乡歌，而那位冷峻的骠骑将军，他唇边难得扬起笑容：

"分与诸位举瓢痛饮——"

从追忆中回神，原来是客舍老板娘正伸着懒腰向客人讲故事。

"说起酒泉郡的来历呀，传说霍将军率兵到这儿，为了犒劳将士，他把武帝赐的御酒泼进这金泉里……"

听完故事，你被清脆的驼铃声吸引，便迈步随商队走向四郡中最繁盛的敦煌。

年轻的冠军侯，或许也曾在这场花雨似的大梦中合眸入眠过。

一路上，行商们滔滔不绝地对你讲着刘彻、张骞、霍去病三辈人的故事，尤其是提到"冠军侯"时亲切的语气，简直像提起邻家少年。

你心底不禁感觉的错乱，恍如那位年轻的将军才刚刚路过了敦煌。

少年鞍马适相宜。

极目眺望，那风正沿着丝绸之路慢慢吹刮，与无数个游人擦肩而过。

跳转2

沿着唐史回去的路上，你再不见诗仙。

剑外忽传收蓟北，杜甫涕泪满裳的高呼仍在耳畔啸响，你趁机搭船，陪杜子美漫卷诗书、白日放歌这一程：

"借问大将谁，恐是霍嫖姚……"

行船半路，你们曾看见李白生前伸手捞过的月亮。

记忆中，那位与你素未谋面的少年将军也曾朝着星月伸出手。

春江潮水连海平，海上明月共潮生。滟滟随波千万里，何处春江无月明？

杜甫的身影不知何时淡去了，青山隐隐水迢迢，轻舟载你划入二十四桥明月夜，晚唐诗人杜牧正幽幽吹起箫音。

大唐二百八十九年，第二个由汉人统治的漫长王朝结束了，风中有人轻轻拍了一下你的肩膀，将你唤醒——

再上岸，暴雨倾盆。

滂沱大雨像极了中原子民的泪水，在异族马蹄声中顷刻染红。

你意识到，这片土地在名为"靖康耻"的历史里，在悲戚的宋音之中，文化也被染上一抹沉郁的凄色。

宋人们纷纷与你擦肩而过，那是衣冠南渡的百姓、官员、皇族……他们放弃了北都开封，宁愿将山河拱手相让。

在这里，不断割地赔款求来的和平，随着金人大举入侵的声音戛然破碎。

要逃走吗？

可留在开封的那些人民仍在抵死反抗啊。

"等等！等一下……"

你推开人群，奋力上前，欲伸手扯住宋帝的衣袖，却在下一刻被战乱的声音瞬间淹没。

北方，那些不甘的呐喊声，也统统被镇压于冷冰冰的"不抵抗"圣旨之下。

靖康二年，北宋亡。

站在史册隙间，迷茫涌上你的心头，这里似乎不再有冠军侯的痕迹。

接下来，要向谁问路才好？

Ⓐ 岳飞　　　　Ⓑ 辛弃疾　　　　Ⓒ 继续向前

06

"岳将军不造宅第吗？"

"敌未灭，何以家为？"

"岳将军，这天下何日才能太平？"

"文官不爱钱，武官不惜死，则天下太平矣。"

你抵达大理寺的时候，正是绍兴十一年，名将岳飞以"莫须有"之罪冤死狱中。

天日昭昭，天日昭昭……

在南宋，有人饱蘸青绿山水，一笔一笔粉饰太平，描摹着如今偏安一隅的南宋，使人们渐渐遗忘了远方异族的威胁。

虽远必诛，历史走到这里，难道人们已经忘却了昔日强汉的誓言吗？

走在临安城，失魂落魄的你，猝不及防地看清客舍墙壁上的题诗：

山外青山楼外楼，西湖歌舞几时休？暖风熏得游人醉，直把杭州作汴州。

这是……南宋诗人林升的笔迹？

这位诗人在史书里生平不详，只留下寥寥几首作品，如今，四句诗以力透纸背的笔锋被写在壁上，凝成了南宋人民共同的心声，这分明是向着帝王的一句厉声质问——

"是不是如今偏安一隅，卑微求和，便把这杭州当成你拱手交出的东都了？！"

原来，百姓们不曾忘记。

跳转5

07

辗转走过滁州、江西、镇江府……你终于找到弥留之际的辛弃疾。

"神州毕竟，几番离合？汗血盐车无人顾，千里空收骏骨。正目断关河路绝……"

这位老者，以血为词，奋笔疾书，在最后一刻口中仍喃喃念着"到死心如铁"。

在你的询问声中，辛弃疾缓缓抬起皱纹交错的手，遥指北方，将所有悲切统统凝为绝命的怒喝：

"杀贼，杀贼，杀贼——"

开禧三年秋，六十八岁的辛弃疾病逝，临死前高呼数声"杀贼"。

那一刻，你又听见马蹄踏碎雪下枯草的声音，在极遥远的漠北，朔风猎猎吹开的霍家军旗。

将士们发出振聋发聩的呼声，他们如骤雨般痛快大笑，如倾泻般沙哑大哭，如怒雷般竭力嘶喊，他们高喊着——

"封狼居胥！封狼居胥！封狼居胥！"

所谓不屈的气节，便是要怀揣着被万口嘲讽的理想，去斩碎自欺欺人的和平。

原来，汉将们不曾忘记。

跳转5

08

海风自崖山吹来，拍拂你的衣裳。

就在辛弃疾离世的第七十二个年头，南宋亡。

血将浪花染得通红，船下尽飘浮尸，在渐渐蔓延开的绝望之下，陆秀夫背着八岁的幼帝跳海自尽，其余皇族及军民等十万人亦殉国。

国破三年后，被俘于元营的文天祥留下绝笔，慷慨赴死。

人生自古谁无死？留取丹心照汗青。

一个国家到了危急存亡之秋，哪怕向死，也终会碰撞出它最决绝的锋芒，比起唐人的恣意与快活，宋人对汉武的追思总是添了几分郁郁的沉痛。

沙沙……

夜幕之下，起风了。

你抬头遥望，觉得长路漫漫，夜色无尽。

是不是一直向北走，就能看见北斗星渐渐越过人的头顶，朝南落去？

是不是走得足够遥远，就能看见一朝又一朝的至暗与完满？

倘若一个民族始终能保持不灭的风骨，让满腔的热血始终沸腾，是否终有一日能迎来破晓的时刻？

寡言的秋风，指引你继续向前。

后来，元代的阴霾徐徐翻篇，一缕明光从阴云里裂出，明朝到了。

北京保卫战，你眼睁睁目睹瓦剌大军入侵中原。

臣子们在惊恐中提出南迁，宋朝南渡的悲剧似乎将要重演，这些混乱的议论声突然随着一句厉喝，戛然而止。

"言南迁者，可斩——"

昂首阔步走出史册的人，正是救时宰相于谦，他眼中迸发出向死而生的烈烈锋芒："京师天下根本，一动则大事去矣，独不见宋南渡事乎？！"

一个拥有千年历史的国家，绝不会再眼睁睁地目睹的悲剧重演！一个造就过封狼居胥的民族，宁可战死，也绝不甘沦为异国附属！

再后来，你见证于少保力排众议，保卫京师，为大明再续了近二百年国运。

泪水渐渐模糊你的视线。

挥别于谦，你转身登上历史的航船，继续见证一次又一次的时代骇浪。身边突然响起王阳明悠悠的长吟："夜静海涛三万里，月明飞锡下天风——"

你问先生，悟道的路上可曾见过你要寻的少年？

"答案已在你心中，不是吗？"先生微笑，"你未看此花时，此花与汝同归于寂；你来看此花时，此花颜色一时明白起来，便知此花不在你的心外。"

此刻，轮船正徐徐驶向你的归岸。

在你最熟悉的年代里，那些轰破国门的炮火声格外激烈：割地、赔款、屈辱、求和……

大街小巷，一声声外文庆祝刻画着昭著的恶迹，一句句标语书写着羞辱与轻蔑。

侵略与抗争，血光与刀戈，但你知道，悲剧并不会再重演。

你迈步下船，面不改色，任凭身侧战火纷飞，旋即听见远方响起一声铁骨铮铮的厉喝，撼动大地：

"犯我中华者，虽远必诛——"

裂云浮光，劈开混沌。

所有的哭喊戛然而止，在压迫到极致的瞬间，化作反抗觉醒的长吼。

怎能忘记万国来朝的盛唐？怎能忘记开疆辟土的汉武？

怎敢忘记，丝绸路上曾络绎不绝的香火？

怎敢忘记，华夏曾有过封狼居胥的痛快？

五千年震荡的回音，足以将一场故步自封的长梦惊醒。

四夷既护，诸夏康兮。

国家安宁，乐无央兮。

战声歇止。

旅途的最尽头，有人打马驻足。

你转过身，在满地的秋叶中看见那位神采奕奕的冠军侯，他朝你伸出手：

"我在这儿。"

你伸出手去，与他相握的瞬间，看清少年眼底划过一抹永恒的笑意——

跳转9

09

哗啦啦……

风吹动膝上的书册，你睁开眼，发现自己在冠军侯的墓前睡着了。

耳中回荡着李白的那声笑音，是他早给过你的答案。

"夫天地者，万物之逆旅也，光阴者，百代之过客也。"

每当抬头望月，你看到的正是李白的月光；每当陷入困顿，有个名叫王阳明的年轻人，曾与你陷入同样的迷茫……

如今，当你漫游于各处古迹，脚下这片厚重沉默的大地，正是冠军侯曾率兵征伐的地方。

霍去病，他是千年前逝去的某个名字，是你心底的某位故人。

翻开史书，你便悄然加入了他的人生：你可以是他凯旋后路过的那场雨雪，可以是指引他策马瀚海的那只苍鹰，亦可以是一首缥缈的歌，一片擦肩的叶……跨越时间与生死的界限，万物都将以另一种姿态重逢。

——阅读，本就是一场模糊了光年距离的古老仪式。

你是他人生的看客，他结局的见证者，也是站在岁月外与他擦肩而过的故人。

月亮升起来了。

此时相望不相闻，愿逐月华流照君。

你终于领悟，二十四岁的霍去病望向星斗时，唇边那一抹明亮的笑容——

那是对死亡的释怀。

他知道，自己终究会化作岁月长河熠熠不灭的历史。

一个拥有历史的民族，它的故事将永远被书写下去，而故事里那些逝去的灵魂，他们将永远不会孤独。

你也释然一笑，合卷转身，在千年帝陵的目送下慢慢离去。

四野静默，唯有风止。

乘月归

END

北方的游牧民族向来都是中原王朝的隐患,每当中原王朝势微的时候,北方游牧民族总是会屡屡南下掠夺.而面对游牧民族的袭扰,中原地区往往都是依托烽燧与高大的城池来进行防守反击.因此,神秘事务司向历史上各将领收集了各自战法意见……

避战坚壁清野！避战坚壁清野！避战坚壁清野！重要的事情说三遍！匈奴长途奔袭而来，最主要的目的就是为了从中原地区掠夺大量的生活物资。

通过坚壁清野政策，首先可以避免匈奴人通过以战养战的方式越来越强大，其次，可以降低匈奴人对汉人士兵的警惕心理。我们要正视自己的不足，中原王朝在遭遇战方面确实不如匈奴人。所以我们应该引诱匈奴人与我们打阵地战。通过多批次、多兵种之间的相互配合，才能够消灭匈奴的主力部队。

同时，将领应该善待自己手下的士卒。在衣食和训练方面要尽可能的提高标准。足够的粮草，才能够养出身体条件合格的士兵。其次，对士兵的训练也至关重要，尤其是在涉及到多兵种之间相互配合的大型战役。战争本来就是一项反人类的行为，所以通过对士兵进行严苛的训练，才能够让他们直面刀剑的时候克服内心的恐惧。只有这样，这些士兵才会在战场上做到令行禁止，从而促成一场战役的胜利。

具体可看我的经典案例——赵破匈奴之战。

西汉霍去病

· 公 元 前 119 年 ·

　　想要扫除匈奴，首先要有战马，每年几十万匹战马的养护费用，就是一笔天文数字。同时，十几万大军出征粮草的征集、统筹、调动等等，这一切都需要有一个强大的国家在背后做支撑。所以在战略层面，最为关键的是有陛下的支持和强大的国力。

　　而在战术层面，对抗匈奴最关键的就是机动性，通俗的说就是骑兵。匈奴人是马背上的民族，骑射都是他们与生俱来的本事。因此想要对抗匈奴，就必须拿出比他们更好的骑兵，更高机动性的骑兵队伍，在匈奴人没反应过来的时候，直直插入他们的大后方。因此我选兵绝不局限出生背景，我要的就是全力以赴的兵士。同样，最了解匈奴的就是匈奴人，我们俘虏到的匈奴一样可以善加利用，大漠的导航、战术习惯的分析都少不了他们……

　　而每一场战役，我们所处的时间、位置，所面对的敌人都是不一样的。在每个不同的情况下，根据不同的敌人，要做出相对应的迎敌策略。

　　就如定襄北之战中，我舅舅卫青率军进攻匈奴主力，双方战况胶着。此时敌人的主力在与我军争锋，那其后方必定空虚，这个时候只需要有一队骑兵，就可以搅得匈奴后方大乱，从而为整场战争的获胜做出重要贡献。当时我便率领八百轻骑，以高机动性向敌人后方穿插，取得大胜。

　　就说到这，我要准备出征代郡了。

西汉卫青

公元前119年

看过之前李牧的想法，我不太赞成。

李牧的战术需要较长时间的铺垫，而往往匈奴上过一次当之后，就会提高对我们的警惕。所以很难再以同样的方式击败匈奴。

而想要击败匈奴，首先要明确我们和匈奴之间各自的优劣点。匈奴作为北方游牧民族，优点很明显，全民皆兵，且所有的士兵都是机动性强的骑兵。同样，匈奴的缺点也很明显，他们的聚集地往往随水草丰茂的变换而四处迁移，战时，大后方的聚集地缺少必要的防卫力量。

而我们的缺点呢？我认为我们的缺点主要有以下几方面：首先，我方兵种以步兵为主，行动缓慢、遭遇战时容易准备不足、敌人战败时又不能形成有效的追击；其次，我方的作战方式以防守反击为主，这种作战方式过于被动，什么时候打，在哪里打，几乎都是由匈奴人来决定。但是我方的优点也很明显，首先，我们作为农耕民族，食物储备与获取相较于游牧民族而言更加稳定；其次，我们的人口基数大，国力雄厚可以支撑我们建设除步兵以外的其余兵种；最后，我们的城市有城墙与固定的城卫军，面对少量匈奴，有一定的防卫能力。

所以综合双方优劣而言，我非常同意我外甥的想法，想要击败匈奴，我们应该在强大国力的基础上，训练出一支机动性强、战斗力强的骑兵部队。在步兵主力与匈奴主力作战的时候，由骑兵部队深入匈奴后方，精准打击匈奴的各个部落，再配合步兵主力将匈奴一举歼灭。只有这样才能一劳永逸地解决匈奴。

在我们这个年代袭扰中原的北方游牧民族已经从匈奴转变为了突厥。我恰巧也和北边的游牧民族打过几次，所以勉强来说说我是怎么打的吧。

我的打法总结起来就三句话"出敌不意，快速奔袭，穷追猛打"。

贞观四年，我率领三千骑，出敌不意进驻恶阳岭，夜袭定襄城。之后趁着唐俭出使突厥，突厥可汗放松警惕的时候，率领精兵冒雪极速奔袭至阴山，袭击突厥人的驻地。这一战，突厥人大败，突厥颉利可汗逃亡的过程中也顺利被我军擒获。

西征吐谷浑的时候也是，时人都说"春草未生，马已羸瘦"不适合领兵出战。这种连我们自己人都觉得不应该打仗的时候，不正是吐谷浑人最放松警惕的时候吗？于是趁此时机，大败吐谷浑可汗伏允，平定了吐谷浑之乱。

不止我们汉人在发展，北边的游牧民族也在发展，今后的游牧民族会越来越难对付，希望我的经验能提供一点的帮助。

　　北边的游牧民族确实也在随着时代的发展而发展。我所在的时代，游牧民族已经占据了华夏的半壁江山，他们也有了高大的城池与稳定的后勤保障体系。

　　汉人与游牧民族的对抗不再像是以往的国家与大型聚落联合体之间的对抗，而是转变为了国家与国家之间的对抗。在这种情况下，国力的强盛、官僚体系的效率、后勤系统的完备等等一系列的因素都可能左右战局。局部战役或许可以依靠部队将领的指挥艺术与士兵较高的军事素养来取胜。但是上升到了国与国之间的对抗，仅凭这些是完全不够的。本次讨论的主要是军事对抗，那么我就来简单说说我在这方面的想法吧。

　　首先，在战略上应采取积极防御的思想。强攻弱守，这是战争的规律。在敌强我弱的情况下，通常都需要将战争拖入持久战。我们汉人的地盘，拥有较大的战略纵深，我们可以在不同地方建立既可以独立防守又能相互依托、支援的战略要点。这么做既能增加防线的稳定性，又能给防线提供良好的弹性。例如，在我这个时代与金人对抗时，大部分人都认为应该依托常见的天险，沿着江岸进行布防，但我却不这么认为。守江必守淮，只有把江淮地区守住了，才能真正确保南方的安宁，为日后王师北上奠定基础。

　　同时，战略上的积极防御，并不代表了我们只是单纯的防御。战略防御的主要目的是为了尽可能的在防御作战的过程中不断地消耗和消灭敌人的有生力量。

其次，在战役上应采取坚决进攻的思想。战略的防御与战役的进攻并不冲突。只有在局部战役中采取进攻的方式，才能更好的贯彻消灭敌人有生力量的战略目的。

最后，在战术应用上，应采取"先谋"、"出奇"的思想。单纯凭借士兵的勇武所取得的胜利，是具有偶然性的，只有谋定而后动才可以出奇制胜。战争讲究天时地利人和，一场战役在哪儿打、什么时候打、用什么兵种配合，都可以依靠指挥官的前期谋略来决定。

依靠前期的策略，可以尽可能在放大敌方缺点的同时，发挥出己方的优点。同时，出奇制胜也是必要的战术思想。墨守陈规的战斗套路，往往在长期的斗争中已经暴露出了相应的缺点，在这种情况下，以敌人想不到的方式，发动进攻往往能收获不一样的战果。

如今我也将挥师北上，希望这一次能击败金人，方不枉费这十年之功。

少年今何在

B E N   Q I   C A I   D A N

本期彩蛋

猜猜下一本主题

【一个四字典故】

敬请期待！

千年万岁，椒花颂声。

周公瑾英俊异才，与孤有总角之好。

肝胆相照两昆仑，此生共赴黄泉间。

君埋泉下泥销骨，我寄人间雪满头。

图书在版编目（CIP）数据

霍去病：少年今何在／古潮编著.—武汉：长江出版社，2024.5

ISBN 978-7-5492-9406-0

Ⅰ.①霍… Ⅱ.①古… Ⅲ.①短篇小说-小说集-中

国-当代Ⅳ.①I247.7

中国国家版本馆CIP数据核字(2024)第068805号

霍去病：少年今何在 ／ 古潮 编著

HUOQUBING:SHAONIAN JINHEZAI

出　版	长江出版社				
	（武汉市解放大道1863号　邮政编码：430010）				
市场发行	长江出版社发行部				
网　址	http://www.cjpress.cn				
选题策划	陈　辉　龚伊勤				
责任编辑	钟一丹				
特约编辑	郭　昕　刘静薇				
总策划	ZOO工作室	开　本	710mm×1000mm 1/16		
装帧设计	殷　悦	印　张	13		
印　刷	深圳市精彩印联合印务有限公司	字　数	170千字		
版　次	2024年5月第1版	书　号	ISBN 978-7-5492-9406-0		
印　次	2025年3月第6次印刷	定　价	45.00元		